Rainer Bressler, Jurist im Ruhestand und Schriftsteller, geboren 1945, ist Schweizer und lebt in Zürich. In den Jahren 1980 bis 1993 profilierte er sich als Hörspielautor, dessen Hörspiele von Radio DRS produziert und ausgestrahlt wurden.

Bisherige Veröffentlichungen:
7 Hörspiele:
Tom Garner und Jamie Lester; Morgenkonzert; Folgen Sie mir, Madame; Aufruhr in Zürich; Nächst der Sonne; Geliebter / Geliebte; Gaukler der Nacht; Beinahe-Minuten-Krimi
Produziert und ausgestrahlt in den Jahren 1979 bis 1993

Geliebter / Geliebte. 8 Hörspiele, Karpos Verlag, Loznica 2008

Privatzeug 1856 bis 2012. Versuch einer Spurensuche, 5 Bände:
Spur 1 Reisen; Spur 2 Spielen; Spur 3 Schreiben; Spur 4 Dichten; Spur 5 Weben
BoD 2012 bis 2016

Pink Champagne, satirischer Roman, BoD 2020
Schattenkämpfe, Roman, BoD 2020
Kraut & Rüben, Kurzgeschichten, BoD 2020
Reise-Impressionen, Erzählungen, BoD 2020
Fenstersturz, Krimi-Satire, BoD 2020
Texturen, Krimi-Satire, BoD 2020
Theaterstücke Band I bis …, BoD 2020
Gärung, Gesellschafts-Satire, BoD 2020
Axthieb, Krimi-Parodie, BoD 2021
Spassvogel, Novelle, BoD 2022
Ein falscher Freund, BoD 2024

STURMSCHADEN

Roman

Rainer Bressler

© 2024 Rainer Bressler

Lektorat und Korrektorat: Rainer Bressler
Illustrationen: Rainer Bressler
www.rainerbressler.ch

Herstellung und Verlag: BoD – Books on Demand, Norderstedt

ISBN: 978-3-7597-7034-9.

Bibliografische Information der Deutschen Nationalbibliothek: Die Deutsche Nationalbibliothek verzeichnet diese Publikation in der Deutschen Nationalbibliografie; detaillierte bibliografische Daten sind im Internet über http://dnb.dnb.de abrufbar.

Der Mensch lebt durch den Kopf
Der Kopf reicht ihm nicht aus
Versuch' es nur, von deinem Kopf
Lebt höchstens eine Laus
Denn für dieses Leben
Ist der Mensch nicht schlau genug
Niemals merkt er eben
Diesen Lug und Trug
> Bertolt Brecht, Die Dreigroschenoper; Lied von der Unzulänglichkeit des menschlichen Strebens

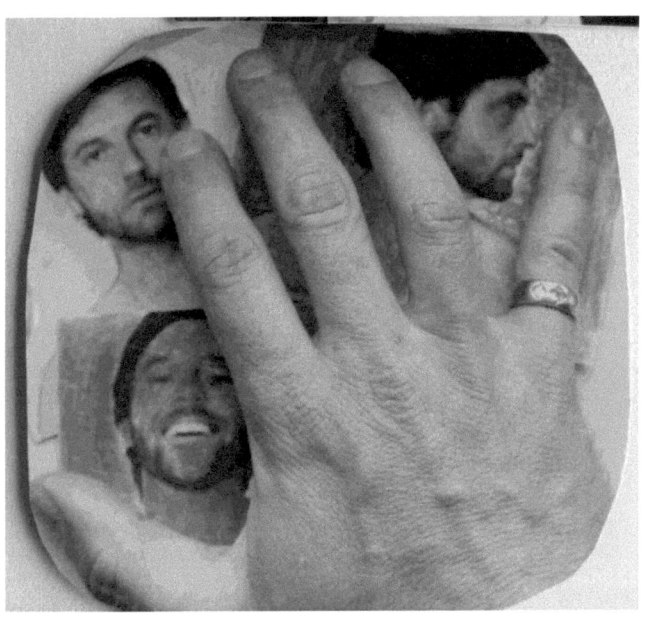

RBr., Fotocollage 1977

RBr., Selbstporträt-Skizze nach Bruce Nauman, undatiert

Eins

Du verkriechst dich mit deinem Kopf aus der Beinahe-Dunkelheit in dunklere Dunkelheit unter deine Bettdecke. Um von den Leuchtziffern deiner Rolex-Armbanduhr, die du selbst im Bett und in der Nacht an deinem linken Handgelenk trägst, blinzelnd die Zeit abzulesen. Oder zumindest zu erahnen, um wieviel Uhr du jetzt schon wieder aufgewacht bist. Mit leichtem Druck auf die Blase. Fünf nach Zwei. Gut so. Nach vier Stunden Schlaf mit leichtem Harndrang aufzuwachen ist okay. Der Harndrang, obwohl leicht, lässt dich nicht gleich wieder einschlafen. Du MUSST pissen gehen. Sonst irritiert dich der Druck auf die Blase und lässt dich ewig wachliegen. Dein Schlaf ist zwar unterbrochen, doch vermittelt das Schicksal dir die Feststellung, dass du bereits zumindest vier Stunden ohne Unterbruch fest und traumlos geschlafen hast. Hoffentlich ohne zu schnarchen. Lady hatte dir neulich an den Kopf geworfen, dass du oft schnarchst. Eine Feststellung, die, so unspezifiziert hingeworfen, an deiner Ehre nagt. Du erlebst dich selber nicht als Schnarcher. Bezweifelst daher Ladys Behauptung.

Obwohl der Harndrang nicht sehr stark ist, legst du in einer Anwandlung von Halbschlaf ohne wächstes

Wachsein sachte, wie gewohnt, eine Ecke deiner Bettdecke zurück, stehst, nackt wie du bist und zu schlafen pflegst, auf und gehst ohne das Licht anzudrehen, zur Türe des Schlafzimmers. Den in die Nachtstille dringenden Geräuschen, dem regelmässigen Aufprall von Tropfen auf irgendwelche Flächen draussen, dem leisen Scheppern von Läden und Fensterscheiben, entnimmst du, dass draussen leichter Wind herrscht, und es leicht regnet. Zumindest kein Sturm. Nicht weiter störend. Du gehst die Wendeltreppe in der Dunkelheit vorsichtig runter. Bedächtig der Wand der Mittelsäule auf der einen Seite und dem Handlauf auf der anderen Seite nachtastend. Bis dein rechter Fuss nach dem Teppichbelag auf den Wendeltreppenstufen wieder Parkett-Boden spürt. Du durchquerst den Vorraum im ersten Stock des Hauses. Findest den Eingang zur Toilette bei offenstehender Toilettentüre spielend. Betrittst die Toilette. Stellst dich in der Dunkelheit beinahe blindlings, doch voller Zuversicht, dich richtig positioniert zu haben, vor das schwach heller aus dem Dunkel hervorschimmernde, bei vollem Licht weisse Toilettenbecken. Hältst deinen Schwanz so, dass dein Pissstrahl die Mitte des Beckens treffen sollte. Was er durchaus tut. Du hörst es am Geräusch des Aufplätscherns deines Pissstrahls. Der Pissstrahl auf das stehende Spühlwasser im Becken ist – bedingt durch dein Alter – zu einem nicht heftigen Pissflüsschen verkommen. Du lässt die Pisse in Ruhe fliessen.

Nach dem Pissen tastest du dich der Wand der Mittelsäule und dem Handlauf entlang wieder nach oben in den zweiten Stock hinauf. Gehst Tritt für Tritt die Wendeltreppe hoch in Richtung Schlafzimmer. Oben angekommen bemühst du dich, dich möglichst ohne unnötige Geräusche wieder ins Bett zu legen. Du kuschelst dich in deiner Bettdecke zurecht. Zerrst am Kopfkissen, bis seine Lage deinen Kopf wohlig stützt. Entspannt wie du bist, wirst du, wie du aus Gewohnheit weisst, problemlos wieder weiterschlafen.

Spontan blitzt die Erinnerung an das morgige oder besser heutige, verflixte, dir auf dem Magen liegende Gespräch am Nachmittag mit Justus von Schaffensberg auf. In deinem Kopf quillt seit den ungeahnten Zufällen gestern Nachmittag diese Erinnerung daran immer wieder spontan auf. Je näher der Termin rückt, desto öfter kommt sie. Reflexartig wehrst du ab. Versuchst zu verdrängen. Was nicht gelingt.

Dieser Erinnerungsblitz katapultiert dich augenblicklich in volles Wachsein. Deine Sinne sind entfesselt. Ein unwillkürlicher Gedankensturm wirbelt sogleich durch deinen Kopf. Du wirst an diesem Gespräch ohne Rücksicht auf Verluste sagen müssen, was gesagt werden muss. Die Situation ist eindeutig und klar. Du wirst Justus, diesem Pappenheimer, der dir ein Begriff ist, mit dem du jedoch nie wirklich etwas zu tun hattest und den du nur sehr entfernt kennst, gelassen gegenübertreten. Weshalb, zum Teufel, brockt dir ein Zufall dieses widerliche Gespräch ein! Weshalb musst du ausgerechnet jetzt, wo du einschlafen willst, daran erinnert werden!

Du befürchtest, wegen dieses blöden Erinnerungsblitzes, der dich schon etwas nervös macht, überhaupt nie mehr einschlafen zu können. Du wirst nervös und nervöser werden. Bestimmt wirst du stundenlang wachliegen. Dich unruhig hin und her wälzen. Lady wird, trotz ihres Tiefschlafs, mitbekommen, dass du eine unruhige Nacht hast. Sie wird dich am Morgen, wenn sie ungefähr zwei Stunden nach ihrem Aufstehen vom Aufwach- in den Gesprächsmodus wechselt, mit Fragen löchern. Weshalb du dich die ganze Nacht über im Bett herumgewälzt hast. Ob dich etwas bedrückt? Vom wahren Grund deiner Nervosität, dem bevorstehenden Gespräch, willst du ihr aus taktischen Gründen vorerst nichts sagen.

Da liegst du nun. Du, das durchschnittliches Menschlein in der grossen, weiten Welt. Du, Erber, der in Würde in die Jahre Gekommene und 69 Jahre alt Gewordene. Weise und alt geworden dürften dich solche alltäglichen Dinge wie das Bisschen Regen draussen und die Erinnerung an ein läppischer Gespräch nicht mehr aus der Fassung bringen. Du sehnst dich sehnlichst danach, endlich wieder einzuschlafen. Liebendgerne ausgeliefert zu sein an

Träume, die da kommen mögen. Und an das Aufwachen sobald es zu tagen beginnt. Bei diesem Gedanken driftest du unmerklich in sanften Schlaf ab.

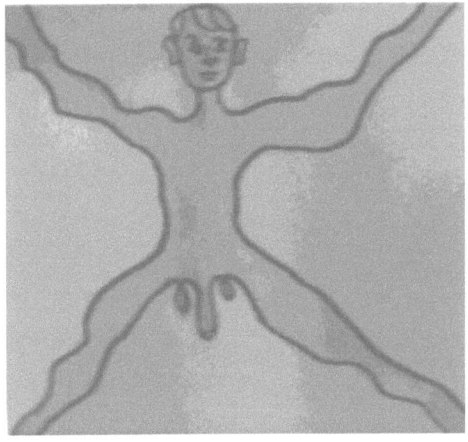

Erber Selbstporträt, Das durchschnittliche Menschlein 1979
(Zur Zeit der Erber-Geschichten, nachzulesen in Rainer Bressler,
„Kraut & Rüben. Kurzgeschichten aus 63 Jahren", BoD 2020)

Zwei

Ein ohrenbetäubendes Scheppern, Stampfen, Klirren und Sausen schreckt dich abrupt aus traumlosem Schlaf auf. Die Glasscheiben der Fensterfront und der Balkontüre zittern und knirschen. Als wollten sie gleich bersten und zerspringen. Schon siehst du vor deinem geistigen Auge, wie der wütende Sturm das Hausdach abhebt. Es fliegt davon. Die fest geglaubten Steinmauern stürzen ein. Begraben dich, das durchschnittliche Menschlein & Co., unter Haustrümmern. Du & Co. unschuldige Opfer der erhabenen, doch jetzt entfesselt wütenden Natur. Deine Welt steht kopf. Wird gleich untergehen. Schluss damit! Genug, genug …

Du liegst mit angehobenem Kopf und weit aufgerissenen Augen im Bett. Starrst hin zum Fenster und der verglasten Balkontüre. Sie bilden die dem Bett gegenüber-liegende Aussenwand. Deine Augen gewöhnen sich an die relative Dunkelheit. Erkennen in ihr, die sich aus verschiedenen Graustufen zusammensetzt, Konturen des Raumes und des Ausblicks nach draussen.

Das Balkongeländer draussen ist zu erahnen. Dahinter die im Rhythmus des Sausens und Schepperns der Fensterscheiben wild hin- und hertanzenden Baumwipfel am nahen Waldrand. Das Knirschen im Dachgebälk, das Scheppern der vibrierenden Glasscheiben und das Windsausen sind ohrenbetäubend.

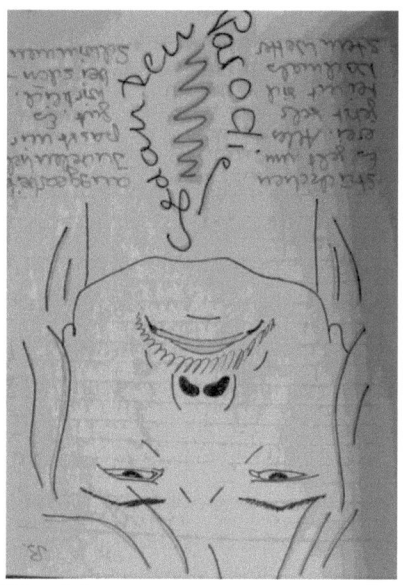

RBr., Selbstporträt-Skizze, Tagebuch 1981

Ein Blick zur Seite nach rechts lässt dich erkennen, dass der sich als etwas heller vom umgebenden Dunkel abhebende blonde Haarschopf des Hinterkopfs von Lady ruhig auf dem wegen seiner Helligkeit vage erkennbaren Kopfkissen liegt.

Du hievst dich behutsam, einen Zipfel der Bettdecke zur Seite drapierend, aus dem Bett hoch. Gehst im Dunkeln die wenigen Schritte zur Fensterwand. Auf Zehenspitzen. Um Lady nicht unnötig aufzuwecken.

Es ist etwas über Viertel nach Drei in der Nacht.

Du klebst an der Fensterscheibe. Starrst hinaus. Augenblicklich beginnt dein Herz wie wild zu klopfen. Es fühlt sich an, als ob deine Zähne klappern, deine Knie schlottern und dein Verstand stillsteht. Einen Moment lang stehst du wie ein begossener Pudel da. Ungläubig nach draussen starrend. Unfassbare Szenarien denkbarer Sturmschäden rattern wie auf Knopfdruck in Sekundenschnelle durch deinen Kopf.

Du fasst dich. Du beobachtest scharf das Spektakel der im Rhythmus der Sturmböen und der schauerlichen Geräusche wild entfesselt durchgepeitschten Baumwipfel am nahen Waldrand.

Das Phänomen, dass ein ungewohntes Geschehen ein momentanes Aussetzen deines Verstandes bewirkt, dich wildesten Fantasien ausliefert, das Wahrgenommene in höchste Potenzen steigert und wahnwitzigste Szenarien generiert, fasziniert dich.

Draussen herrscht Sturm. Soviel ist dir klar. Im Haus bist du, zumindest im Moment noch, sicher. Kein

Anzeichen, dass sich an dieser Situation trotz der ohrenbetäubenden Geräusche und der entfesselten Bewegtheit draussen etwas ändert.

Das intuitive Bedenken deiner vorherigen Spontanfantasie, dass Lady und du unter den Trümmern eures Hauses begraben werdet und somit unter Ruinen zu liegen kommt, amüsiert dich. Einen Moment lang war dir diese Fantasie als grösster Schrecken in die Knochen gefahren. Doch bloss für einen Moment. Jetzt, gleichsam post festum, liefert eine Assoziation dir spontan einen Titel für diese Fantasie. „Das durchschnittliche Menschlein verzweifelnd in Gedanken des Zutodekommens unter den Trümmer des eigenen Hauses".

Sogleich schnellt die Erinnerung an eines deiner Lieblingsbilder von Johann Heinrich Füssli hervor, „Der Künstler verzweifelnd angesichts der Grösse der antiken Trümmer" aus den Jahren 1778 bis 1780. Spontan versuchst du, das in der Zeichnung Dargestellte als Gedankenbild zu sehen. Ein gequält dasitzender Mann. Vor monumentalen Fragmenten von Skulpturen. Ein riesiger Fuss, der den Mann überragt und gegen dessen Rist der Mann seinen lahm ausgestreckten rechten Arm lehnt. Dahinter aufragend wie ein Turm, den Mann in gerader Linie überragend, eine riesige Hand. Mit nach oben ausgestrecktem Mahn- und Zeigefinger. Sei dir deiner Kleinheit bewusst, kleines Menschlein. Das Bild hatte sich dir doppelt eingeprägt, nachdem du anlässlich einer Romreise die originalen antiken Trümmer, die Füssli über 200 Jahre zuvor zum Gegenstand seiner Zeichnung gemacht hatte, entdeckt und eingehend betrachtet hattest.

Richtig, zum Beschreiben dieser Zeichnung hätte dein Gedächtnis einfach so niemals ausgereicht. Zu Hilfe kommt dir der Zufall, dass du dich erst kürzlich bei der Arbeit an deinem neusten Schreibprojekt „Ein falscher Freund" in eine Schreibblockade hinein manövriert hattest. Das Monodrama handelt von der historischen Entzweiung von Frank Wedekind und Gerhart Hauptmann. Darin gelingt es dir, deine persönliche und intime Neigung, immer wieder aus Gutmütigkeit auf falsche Freunde reinzufallen, und deine Unfähigkeit, wenn du es erkennst, ehrlich und offen reinen Tisch zu machen, ernsthaft zu bedenken und zu thematisieren. Um des lieben Friedens willen, redest du dir ein, ziehst du vor zu schweigen. Dein Schreibfluss geriet vor wenigen Tagen unversehens ins Stocken. Spielerisch denkst du, da hast du den Salat, stehst vor einem Trümmerhaufen. Sogleich springt dir die Erinnerung an das Füssli-Bild in den Sinn.

Du machtest dich sogleich auf, in deinem Fundus an Büchern und Katalogen eine Abbildung dieses Füssli-Bildes zu finden. Erneut anzuschauen. Auf dich einwirken zu lassen. Im Katalog „Füssli. The Wild Swiss" des Kunsthauses wirst du fündig. Du hattest dir bei dieser Gelegenheit das Bild so sehr verinnerlicht, dass du es jetzt in dieser Sturmnacht auf Anhieb wieder präsent hast und vor dir siehst. Die Tatsache der oft im richtigen Moment hervorspringenden Assoziationen und deren Folgen machen dich schmunzeln. Schliesslich verpassen diese Assoziationen deinem Denken Schwung. Und, wer weiss, vielleicht die notwendige Distanz zu schwierigen Dingen, die dann spielerisch und tanzend anzugehen sind.

Bei Tanz blitzt die nächste Assoziation auf. Die Erinnerung an den Film „Fogo Fuato". Ein unterhaltsames, witziges, anregendes, total satirisches Meisterwerk des portugiesischen Regisseurs João Pedro Rodrigues. Der Film wird in der Werbung folgendermassen beschrieben: „Wir schreiben das Jahr 2069. Auf dem Sterbebett erinnert sich der ehrwürdige Regent Alfredo, König ohne Krone, an seine ausschweifende Jugend als Feuerwehr-Azubi. Die Begegnung mit seinem Ausbilder Afonso entfachte damals eine leidenschaftliche Liebe – und den gemeinsamen Willen, den Status quo zu verändern. Ein perfekt choreografierter Liebestanz, sexy Feuerwehrmänner in Jockstraps und ein Baum-Penis-Memory gegen den Flächenbrand. Eingebettet in ein Sci-Fi-Narrativ inszeniert Regisseur João Pedro Rodrigues Coming of Age und Romantic Comedy als absurd-komisches Musical. ..." Die Feuerwehrmänner spielen tanzend, mal provokativ-pornografisch, mal lakonisch-elegant faszinierende, irritierende, erschreckende Bilder nach von Caravaggio, Francis

Bacon, José Malhoa, Diego Velázquez und Peter Paul Rubens. Bilder mit Themen, die sie beschäftigen. Tanzend und assoziativ Dinge angehen, die einen in der Erinnerung verfolgen.

Erinnerungen und daraus wuchernde Assoziationen als Trigger. Erinnerungen und Assoziationen wecken Spieltrieb in dir und die Lust am Spielen mit deinen Gedanken. Öffnen die Sinne für etwas Neues und Anderes. Stellen im Moment für einen Moment alles, was lastet, hintenan. Schaffen Distanz. Verfügen über die Macht, spielerisch Blockaden zu umtanzen. Dank den Erinnerungen an das Füssli-Bild und den Rodrigues-Film hattest du vor wenigen Tagen deine Schreibblockade locker überwinden können …

Doch im Moment stehst du nach wie vor an der Fensterscheibe. Tauchst aus den Gedanken, in die du versunken warst, auf. Drückst dir deine Nase daran platt an der Fensterscheibe. Staunst inzwischen über das Absurde und über die surreale Ästhetik dieses Sturms. Über den überwundenen inneren Sturm. Würdest du unversehens unter den Trümmern des Hauses begraben, würde auch das dich nervös machende Gespräch heute Nachmittag ins Wasser fallen. Du lachst. Und du atmest auf.

Drei

Du atmest auf. Stehst dennoch wie ein Ölgötz da, klebst an der Fensterscheibe. Starrst raus. Seit mehreren Minuten. Der Anblick der vom Sturmwind zum Herumtanzen gepeitschten Baumwipfel beginnt dich zu langweilen.

Dieser jetzt tobende Sturm, denkst du, kommt bedenklich an den Jahrhundertesturm Lothar vor wenigen Jahren heran. Damals hatten Lady und du am Abend im Wohnzimmer gesessen. In den Nachrichten die Warnung vor einem heftigen Sturm vernommen. Bemerkt, dass draussen ein Sturm beginnt und wütet. Ihr hattet zur Sicherheit alle Rollläden im Haus runtergelassen und gehofft, dass das Unwetter bis am nächsten Tag vorüber ist.

Im Nachhinein erfahrt ihr aus Nachrichten, dass ihr den Jahrhundertesturm Lothar erlebt, und sogar überlebt, habt.

Am Morgen nach dem Sturm Lothar kannst du beim Rundgang um Haus und Garten mit Genugtuung feststellen, dass das Haus insgesamt keinen Schaden genommen hat. Gartenstühle, der Gartentisch, Grill, im

Garten sonst stehende Blumentöpfe, kurz, alles, das nicht niet- und nagelfest am Haus befestigt war, liegt verstreut in der Umgebung herum. Das bedeutet für dich, all das Zeugs wieder einzusammeln und die Blumentöpfe, die nicht zu Bruch gegangen sind, wieder aufzustellen und an ihren ursprünglichen Platz zurückzubringen. Die Nachwehen des nächtlichen Sturms verzögern bloss den Beginn deines Morgenrituals, das dir hoch und heilig ist, nur wenig. Danach bist du, wie jeden Tag, zu deinem Morgenspaziergang durch den nahe gelegenen Wald aufgebrochen.

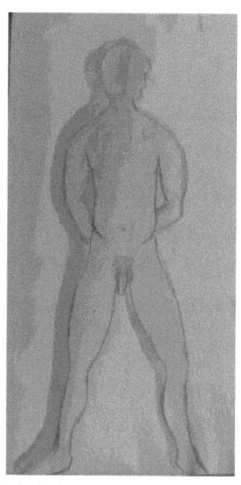

RBr., ohne Titel, kolorierte Zeichnung, 1979t

Als du dich dem Wald näherst, nimmst du von Weitem bereits wahr, dass die Baumzeile am Waldrand bedenklich gelichtet ist. Baumstämme kreuz und quer, gefällt, geknickt oder ganz entwurzelt, am Boden liegen. Beim Näherkommen staunst du, wie Baumstümpfe mit nach oben ragenden Abrissspitzen zu Hauf sichtbar sind. Die Bäume zum Teil mit nun aus der Erde ragenden Wurzelballen niedergefegt worden waren und jetzt tiefe Löcher im Waldboden entstanden sind. Auf der nicht asphaltierten, doch für den Verkehr mit grossen Nutzfahrzeugen gut befestigten Waldstrasse ist kein Durchkommen mehr. Kreuz und quer, wild durch- und übereinander liegen Äste und Baumstämme. Die im ausgelichteten, sonst dichten Wald, übrig gebliebenen, einzelnen Baumwipfel wippen in der Höhe im sanften Wind hin und her. Du befürchtest, dass Teile von Bäumen oder schwere Äste noch runterkrachen könnten. Dir ist zwar ungemütlich zumute, doch stur, wie du nun einmal bist, willst du dich unbedingt nicht durch die wüste Bescherung von deinem üblichen Spaziergang abhalten lassen. Du steigst und kraxelst da, wo noch gestern die Waldstrasse frei durchgängig gewesen war, über umgeworfene Baumstämme hinweg und zwischen herumliegenden Tannästen, deren Spitzen durch deine Kleider pieken, hindurch. Bis du, selbst du, zum Schluss, einsehen musst, dieses Unterfangen ist sinnlos und letztendlich echt gefährlich. Absurd dieses wilde Durcheinander von Bäumen, gefällten, geknickten, liegenden und hängen Baumstämmen, Ästen und Erdlöchern, was erst gestern noch ein schöner Wald gewesen war. Du musst in Sorge um deine Sicherheit deinen pblichen Morgenspaziergang abbrechen. Die

Verantwortung für dein sicheres Nachhausekommen übernehmen.

Lady und du sind befreundet mit einem Förster. Unweigerlich hattet ihr euch beim ersten Treffen nach Lothar mit diesem Förster eingehend über Lothar und den Schaden, den er im Wald in eurer unmittelbaren Umgebung verursacht hat, unterhalten.

Der Förster, der überdies in amtlicher Funktion auch für den Wald in eurer Umgebung zuständig ist und ihn daher bestens kennt, bestätigt aus fachlicher Sicht sachlich und nüchtern die unermesslichen Schäden, die am Wald entstanden sind. Das Aufräumen des Waldes, die Beseitigung des gefällten Holzes, die Ausebnung des Waldbodens, das Aufforsten werde Wochen, Monate, wenn nicht gar Jahre dauern. Dann fügt er mit ernstem Gesichtsausdruck und Eindringlichkeit hinzu, dass Lothar auch gute Seiten habe. Diese Aussage von einem versierten Fachmann überrascht euch.

Dem Sturm nicht standgehalten hätten vor allem die in relativ kurzer Zeit zu immenser Höhe aufgeschossenen Tannen. Von den älteren und langsamer gewachsenen sLaubbäumen hätten die meisten das Desaster überstanden. Etwas zerzaust und einiger Äste beraubt. Doch würden sie sich im Laufe der Zeit wieder gut erholen. Tannen seien nicht originär in diesen Wäldern heimisch gewesen. Zwischen die

Laubbäume gepflanzt worden, weil sie rasch hochschiessen und Holz liefern. Der nun gelichtete Wald, wo die Bäume nicht mehr so total dicht nebeneinander stehen, könne wieder natürlich wachsen. Dieses natürliche Wachstum müsse nun in Hege und Pflege gefördert werden. Es mute vielleicht absurd an, was reine Naturgewalt in der Natur an Zerstörung anrichte. Doch sei es in diesem Fall wie eine Läuterung, aus der die Natur gestärkt hervorgehen könne.

Die Erinnerung an dieses vor Jahren geführte Gespräch zieht spontan durch deine jetzigen Gedanken. Während du, ohne wirklich zu sehen, nach draussen starrst. Und du wiegst dich in der rasch angenommenen Gewissheit, dass dieser Sturm für dich und euer Haus genau so harmlos vorüberziehen wird, wie seinerzeit Lothar bei euch vorübergezogen war.

Plötzlich ein dröhnender Knall. Draussen. Wohl, nein, gewiss vom Sturm verursacht. Du schreckst auf. Dein ganzes Denken im Nu ein einziges Fragezeichen. Bange Ungewissheit. Zumindest hat der Sturm nicht das Vordach über dem Sitzplatz draussen weggerissen. Das hätte das Haus erschüttert. Zudem wäre das Zerbersten von Ziegeln hörbar gewesen. Keine dem Sturm ausgesetzte Glasscheibe im Schlafzimmer ist geborsten. Keinen blassen Schimmer, was diesen unsäglichen Knall verursacht haben könnte. Die Ungewissheit, was die Ursache des Knalls war und wo allenfalls welcher Schaden entstanden sein könnte, beunruhigt. Ein ohrenbetäubender Knall. Kein identifizierbares Geräusch wie Krachen oder Bersten. Irgendwie hatte der Knall vielleicht einen blechernen Klang gehabt. Physische Erschütterung war hier im Haus keine zu spüren gewesen. Draussen, wohl in der Nähe des Hauses, doch nicht am oder im Haus muss der Sturm ein vielleicht aussergewöhnliches Geschehen bewirkt haben. Da steht man machtlos vis-à-vis. Wie der Esel am Berg. Du siehst noch immer die Baumwipfel am Horizont als dunkelgraue Schatten vor dem changierend etwas helleren, grauen Himmel wie wild tanzen. Euer Kirschenbaums, dessen oberste Krone du knapp erkennen kannst, schaukelt ebenfalls wie wild hin und her. Dieser Baum steht also noch. Der Knall muss eine andere Ursache gehabt haben.

„Was sollen wir bloss machen, ich habe solche Angst," vernimmst du die total verschlafene und zittrige Flüster-stimme von Lady. Vom Bett her. In deinem Hintergrund.

Du wendest dich weg vom Fenster. Siehst zum Doppelbett hin, in dessen aus deiner jetzigen Perspektive linken Seite Lady liegt. Nimmst trotz der Dunkelheit wahr, dass sie ihre Bettdecke bis unter ihre Nasenspitze hochgezogen, den Kopf leicht angehoben hat. Offensichtlich hat erst dieser Knall sie geweckt und erschreckt. Du nimmst intuitiv an, dass sie dich anschaut und etwas von dir erwartet.

„Gleich wird unser Dach wegfliegen," wirfst du gelassen fröhlich hin. Musst aber an der Art, wie die Worte aus deinem Mund kommen, erkennen, dass dir lockere Gelassenheit nicht wirklich gelingt. Zudem scheint Lady tatsächlich so verängstigt zu sein, wie sie vorgibt. Du spürst, dass deine Ironie in dieser Situation fehl am Platz ist.

„Der Sturm wird vorübergehen."

„Dieser Knall, dieser schreckliche Knall. Was war das? Was ist das gewesen, sag schon", bröselt Lady angstvoll hervor. Fügt dann noch an, „Wenn du nicht mitbekommen hast, was geschehen ist, geh nachschauen. Schau nach, was kaputt gegangen ist. Sag es mir, sag es mir!"

Erstaunlicherweise scheint Lady inzwischen voll wach und präsent zu sein. Du versuchst mit möglichst ruhiger, beruhigender Stimme zu reden. Das Haus stehe noch. Der Knall sei von draussen gekommen. Im Moment sei nichts zu sehen. Du habest nicht erkennen können, was diesen fürchterlichen Knall ausgelöst habe. Im Haus und ums Haus herum sei, davon seist du überzeugt, alles soweit in Ordnung. Nach draussen zu gehen sei bei diesem Sturm nicht ratsam. Ihr solltet versuchen weiterzuschlafen. Der Sturm werde vorübergehen. Lothar hättet ihr ja ebenfalls schadlos überstanden gehabt. „Schlafe weiter und mach dir keine Sorgen."

„Bist du sicher?!"

„Ja, jetzt schlaf schon."

Dir ist klar, hat das Haus bis jetzt standgehalten, wird es auch weiterhin keinen Schaden nehmen. Wie ein Ölgötz dazustehen, nach draussen zu starren und Maulaffen feilzuhalten ändert nichts an der Situation. Du gehst zurück zum Bett. Wendest dich nicht zu deiner Seite des breiten Doppelbetts, aber zur Seite von Lady. Du setzt dich auf die Bettkante. Spürst die Nähe von Lady, Nimmst auch düster wahr, wie du in der Dunkelheit erkennen kannst, dass Lady zusammengekrümmt unter der Bettdecke liegt, an der sie sich krampfhaft festhält. Ihren Kopf in deine Richtung gerichtet. Du streichelst eine ihrer Hände und glaubst wahrzunehmen, dass sie dich aus schlaftrunkenen Augen kurz anschaut.

„Brauchst keine Angst zu haben, Lady, mein Schatz."
„Was sollen wir tun", fragt Lady mit nun wieder schlaftrunkener Stimme.
„Abwarten und Tee trinken. Cognac würde uns bloss noch länger wachhalten. Gegen den Sturm sind wir machtlos. Und er wird vorübergehen. Versuche zu schlafen."
„Ihr starken Männer", wirft Lady hin, „seid alle gleich. Seid euch immer so sicher. Sicher, dass ihr immer recht habt. Nichts erschüttert euch. Weil ihr immer die Starken sein müsst. Und wollt. Und es dann auch seid. Und …."

Lady verstummt mitten im Satz. Ist wieder eingeschlafen. Dein zumindest als vielleicht zu setzendes Vielleicht zu der von Lady proklamierten männlichen Stärke vor ihrem Abdriften erübrigt sich. Kein Widerspruch deinerseits würde von ihr jetzt noch wahrgenommen. Keine nächtliche Diskussion wird stattfinden. Wie meist. Mit einem Mal nimmst du wahr, dass das vom Sturm verursachte Scheppern und Krachen abnimmt. Dann ganz aufhört. Tropfen von einem heftigsten Platsregen prasseln auf das Hausdach nieder. Ein rhythmisches Trommeln, das im hohen Raum dieses Dachgeschosses wiederhallt. Und einschläfernd wirkt.

Du glaubst wahrzunehmen, dass die Atmung von Lady regelmässig geworden ist. Sie friedlich eingeschlafen ist. Um sicher zu sein, wartest du noch einen Moment. Streichst Lady sachte über den Kopf, über ihre wuschelige Lockenpracht. Sie atmet ruhig weiter und gibt keinen weiteren Laut von sich. Du atmest auf. Ihr habt diesen absurden Sturm ohne Schaden überstanden.

Du stehst auf. Auf Zehenspitzen, abwechselnd mit leisen Sohlen, umrundest du das Bett bis hin zu deiner Bettseite. Du lässt dich locker aufs Bett fallen. Unterdrückst gerade noch rechtzeitig einen dir spontan entwischen wollenden Seufzer der Erleichterung. Kuschelst dich in deiner Bettdecke ein. Rückst das Kopfkissen zurecht. Drehst dich noch einmal auf die andere Seite und nochmals zurück. Verjagst sogar erfolgreich die aufflackernde Erinnerung an das dich nervös machende, bevorstehende Gespräch. Du denkst, noch einmal davongekommen! Nachdem der absurde Sturm klar nachgelassen hat. Du schläfst selig ein und schläfst den Schlaf des Gerechten. Hoffst, jetzt endlich durchzuschlafen, bis es Zeit zum Aufstehen ist.

Vier

Heirassa, durchgeschlafen, bis es Zeit zum Aufstehen ist. Im Aufwachen nach einem kurzen Schlaf wie ein Murmeltier ist die Erinnerung an den nächtlichen Sturm und seine Begleiterscheinungen wieder lebendig da. Und du stellst fest, dass nun selbst draussen alles ruhig scheint und es nicht einmal mehr regnet. Schrecklich neugierig bist du, was für ein Bild sich dir draussen präsentiert. Durch die Fenster schlägt dir blauer Himmel entgegen. Die Durchflutung mit Licht lässt darauf schliessen, dass ein sonniger Tag angebrochen ist. Ein kurzer Blick nach rechts zeigt dir, dass Lady noch tief schläft. Du schlägst deine Bettdecke zurück und springst aus dem Bett. Es drängt dich, zuerst einmal vom Balkon aus zu sehen, was der Sturm in der Nacht draussen vor dem Haus und im Garten angerichtet hat. Das, was du von hier aus sehen kannst, befriedigt dich nicht. Du musst sofort runter und dir vor Ort, draussen, einen Überblick verschaffen.

Du rennst die Wendeltreppe runter. Machst einen kurzen Halt im ersten Stock. Um dich in deinem Büro, wo du dich jeweils an- und entkleidest, eilend in deine Morgenuniform zu stürzen. Unterhose, Socken, Trainerhose, T-Shirt, Fleece-Jacke und Hausschlarpen.

Du entnimmst einer Schublade des Sideboards in der Eile das angebrochene Paket American Spirit-Zigaretten und ein Feuerzeug. Du lechzt danach, an diesem speziellen Morgen, nach diesem Sturm, ein Rauchopfer zu bringen. Dann die Wendeltreppe weiter runter ins Erdgeschoss. Kurz ins Wohnzimmer, in die Küche und Bibliothek, um in jedem Zimmer des Erdgeschosses die Rollladen-Automatik anzutippen. Zurück ins Wohnzimmer. Ungeduldig wartend, bis der Rollladen vor der Türe zum Gartensitzplatz und Garten genügend weit hochgetuckert ist, dass die Türe geöffnet werden kann. Du nach draussen gehen kannst. Um dir die Bescherung rundherum anzusehen. Raussperbernd, was aus dem Hausinnern an Zerstörung auf dem Sitzplatz und im Garten wahrzunehmen ist.

Du bist Gelegenheitsraucher, der normal im Alltag nicht, bloss zu besonderen Gelegenheiten raucht. Du erklärst die Tage, an denen du rauchst, zu Rauchtagen. Führst Buch darüber. Um die Anzahl der Rauchtage unter Kontrolle zu haben und nicht ausufern zu lassen. An Rauchtagen paffst du, wie es dich gerade gelüstet. Die nächtliche Aufregung wegen des vom Sturm mitten in der Nacht verursachten Knalls lässt dich heute spontan diesen Mittwoch zum Rauchtag erklären. Heute, nach dieser Ausnahmenacht muss ein Glimmstengel sein. Oder mehrere. Bei deinem Rundgang draussen und bei den Überraschungen, die dich da erwarten werden. Durch die Fenster nimmst du das Durcheinander draussen bereits wahr. Der Anblick, wie die übliche Ordnung weg ist und alles kreuz und quer durcheinander liegt, belustigt dich.. Doch was, fragst du dich neugierig, hatte den ungeheuren Knall im Sturmgeschehen verursacht gehabt.

Die Gartenstühle, die sonst ordentlich um den Tisch unter dem Vordach des Sitzplatzes stehen, liegen chaotisch verstreut im Garten herum. Zwei Gartenstühle hat es sogar in des Nachbarn Garten zur Rechten gefegt. Den Gartengrill, der am Mäuerchen des Vordachs ordentlich und sicher verstaut und mit der Plastikhülle zugedeckt war, haben die Böen durch den Garten bis zum Stamm des Kirschbaums getrieben, wo er – zum Glück vielleicht sogar unbeschädigt – und aufrecht steht. Wäre er umgefallen, hätte das Aufstellen dich bei dessen Gewicht total gefordert. Die Hülle des Gartengrills hängt schlaff von einem Ast des Kirschbaums. Der Kirschbaum und die beiden Apfelbäume, auch der Zwetschgenbaum scheinen keine Äste verloren, also keinen Schaden genommen zu haben. Ausser dass es unreife, grüne Fruchtwinzlinge und viele Blätter zur Erde gefetzt hat. Alle Blumentöpfe, die der Hecke entlang aufgestellt waren, hat es umgefegt. Zwei davon sind zerbrochen. Die Erde, die darin enthalten war, liegt zerstreut zwischen den Scherben. Vom Regen sind da und dort noch Wasserpfützen zu sehen, in denen sich Teile der gesamten Pracht spiegeln.

Nachdem du alles wieder so gut wie möglich in Ordnung gebracht hast, kannst du endlich mit einem Seufzer der Erleichterung der Zigarettenschachtel eine Zigarette entnehmen. Sie dir in den Mund stecken. Sie anzünden. Den ersten Zug nehmen. Und einmal mehr feststellen, dass das, wonach du dich so sehr gesehnt hattest, nicht ganz die Befriedigung bringt, die du dir jeweils erhoffst. Das Rauchen ruft einen vagen, nicht wirklich echten Schwindel hervor. Eine Art von Trance, die deine Sinne zwar vernebelt, gleichzeitig aber Gedanken entfesselt und Ideen generiert.

Während du rauchend auf dem Vorplatz auf und ab gehst, ins Grün des Gartens und der Hecken, die den Sitzplatz abschliessen, und zu den in der letzten Nacht arg zerzausten alten und hohen Baumzeilen im angrenzenden Waldtobel schaust und dein Zigarettchen paffst, ohne Lungenzüge zu machen, kannst du allfälligen Gedanken, die glaubten, dich in ihren Klauen haben zu müssen, und dich umtreiben, in Ruhe bedenken und dein Gleichgewicht finden.

Lady wird, nachdem du aufgestanden bist, wie üblich noch ein Stündchen oder länger weiterschlafen. So hast du deine Ruhe und kannst ungestört einer deiner Lieblingsbeschäftigungen, dem Denken, nachhängen. Sobald Lady dann aufgestanden sein wird, wirst du sie mit der Mitteilung begrüssen können, dass der Sturm in eurem Bereich nicht den geringsten Schaden angerichtet habe. Ausser den zerbrochenen

Blumentöpfen. Doch wird sie dir heute nicht abnehmen, dass der Sturm, der so schrecklich getobt und euch vielleicht Todesängste beschert hatte, keinen Schaden angerichtet hat. Sie wird sich zu einem Rundgang im Gärtchen ums Haus herum aufmachen, um sich selber zu vergewissern, dass du sie nicht angeflunkert hast.

Zum Glück, denkst du, hat sich in deinem häuslichen Alltag ein angenehmer Trott ergeben, in dem Lady und du zu beider Zufriedenheit bestens funktionieren und harmonieren. Deine Befürchtung, dass zwei Pensionierte im gleichen Haus sich ständig auf die Füsse treten oder im Weg stehen, kannst du nach vier Jahren der gegenteiligen Erfahrung begraben. Lady und du seid je als freiwillige Helfer in Organisationen engagiert. Lady in einer gemeinnützigen Stiftung als Stiftungsrätin und zusätzlich als Vorstandsmitglied in der Eigentümergemeinschaft der Wohnsiedlung, in der ihr ein Haus besitzt und bewohnt. Du als juristischer Berater im privaten Sozialwerk PPP. Je einzeln besucht ihr Kinos. Du gehst alleine Street Art in der Stand und im Land nach. Bisweilen gemeinsam besucht ihr Kunstausstellungen. Gemeinsam besucht ihr Theater und Opern. Je einzeln pflegt ihr eigene Freundschaften und gemeinsam die gemeinsamen Freundschaften. Du verbringst einen Grossteil deiner Zeit mit Schreiben literarischer Werke. Lässt dich nicht davon abhalten, dass seit dem vor rund dreissig Jahren zu Ende gegangenen Hype mit deinen vom Landessender produzierten und ausgestrahlten Hörspielen kein Verlag, Theater oder Radiosender sich mehr für deine neuen Werke interessiert. Um dein Werk dennoch für Interessierte zugänglich zu machen, veröffentlichst du alles im Selbstverlag. Lady und du geniesst die Freiheit, je euer Leben leben zu können. Tretet euch im eigenen Haus nicht auf die Füsse und steht euch kaum je im Weg. Hingegen müsst ihr das Zusammensein oft akribisch genau planen. Da du dich schon immer davor gescheut hattest und dich noch immer davor scheust, im Rampenlicht zu stehen und gescheit daherreden zu müssen, bist du letztlich froh, gleichsam als Zaungast das Leben und deine Umwelt scharf beobachten zu können. Und diese Beobachtungen und Erlebnisse möglichst spannend erzählt in präziser Sprache zu Papier zu bringen. Du bist klar gescheitert, in der Öffentlichkeit berühmter und herumgereichter Schriftsteller zu sein. Nicht ersoffen. Schmunzelnd über- und weitergelebt. Lebst noch. Wenn es bloss so bleibt, wie es ist. Ihr gewissermassen Bleibefreiheit weiterhin geniessen könnt. Gehst, diese Gedanken wälzend, rauchend, auf dem Gartensitzplatz auf und ab. Angeregt ob des spontanen Gedankenflusses über dein Dasein und das Leben im Allgemeinen. Inzwischen bist du bei der x-ten Zigarette angelangt. Stehst direkt vor dem Nachbargrundstück und hebst deinen Blick ins Leere.

Mich laust der Affe, durchzuckt dich ein Gedankenblitz. Das gibt es doch nicht! Die Leere, in die du schaust, sieht ganz anders aus als sonst. Irgendwie verändert. Du reisst deine Gedanken zusammen. Schärfst deinen Blick. Siehst genau hin. Wo üblicherweise die ominöse Tanne in die Luft geragt hatte, herrscht gähnende Leere. Das heisst blauer Himmel. Der Baumwipfel, der ganze Stamm mit den ausladenden Ästen sind nicht mehr da. Rauben dir die Weitsicht nicht mehr. Fehlen. Fehlen gleichzeitig aber auch nicht. Da der freie Blick auf den Himmel schön ist. Du kannst es kaum glauben. Reibst dir die Augen. Doch der Tannenspitz mit den weit ausufernden, meist leicht wippenden Ästen ist weg. Aussicht auf den Himmel und auf die winzig am Horizont zu erahnende Bergkette mit dem ewigen Schnee in fernster Ferne ist mit einem Mal, o Wunder, hergezaubert.

Du willst gleich losrennen. Nein, halt, zuerst die kaum angerauchte Zigarette im Aschenbecher ausdrücken. Dann aber rennst du aus dem eigenen Gärtchen durch ein paar Nachbarsgärtchen bis beinahe zur Grenze der ominösen Nachbarliegenschaft, auf der die ominöse Tanne, die ein Stein des Anstosses ist, das heisst, gewesen war, steht. Das heisst unübersehbar hoch aufgeragt hatte

Die Tanne ist, o Wunder, gefällt. Liegt der Länge nach hingestreckt flach samt ihrer unzähligen Äste am Boden. Das heisst, nicht auf dem Boden. Unter der gefällten Tanne lugt Rot hervor. Rotes Blech. Ferrari-Rot! Dir steht vor wegen deines spontanen Lachanfalles beinahe der Verstand still. Ist die ominöse Tanne doch auf einen vor der ominösen Protzenklotz-Villa geparkten Ferrari gefallen und hat diesen unter sich zermalmt. Den Sportflitzer der womöglich dem Mann gehört, mit dem du am Nachmittag das dich nervös machende Gespräch zu führen hast. Einen Moment lang kannst du dich von diesem Anblick, der dich so ungehemmt lachen macht, kaum erholen. Das erklärt den blechernen Nebenton des Knalls beim Sturm in der Nacht. Die zu einem Fladen zusammengestauchte Karosserie des Ferrari. Zufällig bist du in des Rätsels Lösung hineingerannt. Kaum wird dir bewusst, wie lächerlich du für Leute, die dich zufällig wahrnehmen, aussehen musst, den Sturmschaden betrachtend und aus voller Kehle lachend, schaust du verlegen um dich, ob jemand dich gesehen haben könnte.

Du gehst bedächtig und grinsend zurück in euren Garten. Dein Erleben an diesem Morgen ist reinste Realsatire in schreienden Farben. Das düstere Grün der Tannäste über dem leuchtenden Ferrari-Rot auf einer Wasserlache, in der das Ganze sich spiegelt. Verschwunden ist die ominöse Tanne, die während Jahren für die gesamte Nachbarschaft Stein oder besser Gewächs des Anstosses gewesen war.

Fünf

Die ominöse Tanne, dieses Gewächs des Anstosses, ist oder war eine gewachsene Sache gewesen. Auf einem Stück Land, das seine eigene und sehr weit zurückreichende Geschichte hat.

RBr., Rainerus pinxit, digitale Zeichnung auf Tablet, ohne Datum

Vor 2000 Jahren, als unten an der Limmat das Römerlager Turicum stand, war das Gebiet zwischen Wehrenbach und Elefantenbach noch von Urwald bedeckt. Erst im 7. Jh. gründeten einwandernde Alemannen hier die

Siedlung Witinchova, was „Hof des Wito" bedeutet. „Wito" steht wieder im Zusammenhang mit „Widu" = Wald.

1910 war Witikon immer noch ein kleines Dorf mit nur 457 Einwohnern, umgeben von Feldern, Wiesen und Obstgärten. Erst ab 1950 begann Witikon explosionsartig zu wachsen. In nur 30 Jahren wurde das Gebiet zwischen dem alten Dorfkern und dem Wehrenbachtobel fast vollständig überbaut und die Einwohnerzahl wuchs auf fast 10'000! Der Chelle-Weg entstand 1980 und bildet seither eine markante Grenze zwischen Siedlungsgebiet und Tobel.

(Tafel „Natur & Kultur Landschaft Wehrenbach" der Grün Stadt Zürich – ein Stück Realgeschichte, die eine Siedlungsgeschichte perfekt einfängt in diesen Roman, dessen Handlung im Übrigen reine Fiktion ist)

Das ursprünglich ländliche Dorf wurde 1934 zusammen mit anderen an die Stadt angrenzenden Dörfern wegen schlechter Infrastruktur (Schulen, Verkehrsmittel) in die Stadt eingemeindet und zum östlichsten, oberhalb der Stadt gelegenen Stadtquartier.

In den 70-er Jahren plant und baut ein Architekt oberhalb des Chellen-Wegs eine neuartige Wohnsiedlung. Auf einem Stück Land, das er den Nachfahren von ehemaligen Bauern für damals teures Geld abkauft. Er hat die Vision, als Gegensatz zu den sterilen Ansammlungen von Villen, Einfamilienhäuschen und Wohnblöcken eine in sich geschlossene Siedlung mit dörflichem Charakter in diesem Aussenquartier der Stadt zu kreieren. Er will damit gut nachbarschaftliches Zusammenleben fördern. Die Wohnsiedlung erregt vor allem in Fachkreisen Aufsehen.

Die Siedlung besteht aus zwei hintereinander stehenden, nach Süden ausgerichteten Reihen von je fünf dreigeschossigen Doppeleinfamilienhäusern. Auf der oberen Ebene steht zusätzlich noch ein eingeschossiges Gebäude mit Klubraum, Küche, sanitären Anlagen und zwei weiteren Zimmern als gemeinschaftlich und für grössere Privatanlässe zu nutzender Gemeinschaftsraum. Zwischen den Häuserreihen gibt es einen allgemeinen, schön gestalteten Sitzplatz in der Mitte der Siedlung und damit verbunden durch eine Treppe zur unteren Ebene einen Kinderspielplatz. Zur Siedlung gehört eine unterirdische, gemeinsame Tiefgarage. Ausser den der Gemeinschaft dienenden Plätzen der Siedlung gibt es selbstverständlich die Verbindungswege zu allen Häusern, zur kleinen Quartierstrasse oberhalb und zum Chellen-Weg unterhalb der Siedlung. Die kleine Quartierstrasse oberhalb der Siedlung, am nördlichen Rand, mündet nach ungefähr 300 Metern in die direkte Verbindungsstrasse ins Stadtzentrum. Bei dieser Einmündung befindet sich auch die Endstation des Busses, der alle zehn Minuten in die Stadt fährt. Die Verbindung ins Stadtzentrum und eine gute Anbindung an den öffentlichen Verkehr sind also in allernächster Nähe der Siedlung gewährleistet. Jedes Einfamilienhaus hat einen hübschen kleinen Vorgarten und auf der Seite des Hauses, die nicht an das Nachbarhaus angebaut ist, auch einen seitlichen Garten. Die Gärten sind ohne Zäune, grundsätzlich durchgehend, doch von jedem einzelnen Besitzer individuell gestaltet. Am westlichen Rand der Siedlung, an dem dein und Ladys Haus liegt, grenzt die Siedlung an ein mit einem Luxuswohnblock bebautes Grundstück Am östlichen Rand an das riesige bis vor kurzem unbebaute Stück Wiese auf dem, beinahe auf der Grenze zur Siedlung, die Anstoss erregende, einzelne Tanne steht.

Um von eurem Haus zur ominösen Tanne auf der Nachbarliegenschaft der Siedlung zu gelangen, sind die Vorgärten von vier weiteren Doppeleinfamilienhäusern zu durchqueren.

Die einzelnen Einfamilienhäuser befinden sich in Privatbesitz, in der Regel der Bewohner des Hauses. Alle Besitzer kennen sich gegenseitig und sind im Rahmen der Eigentümergemeinschaft gemeinsam für den Betrieb der gemeinschaftlichen Anteile der Siedlung verantwortlich. Die Eigentümergemeinschaft wählt aus ihren Reihen den Vorstand, der den gemeinschaftlichen Teil der Siedlung verwaltet, den Unterhalt und die Finanzen regelt. So die gemeinsame Heizung, den Unterhalt und die Reparaturen der allen Siedlungsbewohnern zugänglichen Bereiche und vor allem auch die Buchhaltung über die Kosten der gemeinschaftlich genutzten Bereiche und deren

Aufteilung auf die einzelnen Besitzer. Die Eigentümergemeinschaft wählt die für die Wartung der Gemeinschaftsräume zuständigen Personen. Die Eigentümergemeinschaft trifft sich in der Regel zu vier Sitzungen im Jahr.

Lady hat sich als eine der wenigen Juristinnen der Siedlungsbewohner nolens volens zur Wahl in den Vorstand zur Verfügung stellen müssen. Sie wirkt also bei der Organisation der Siedlung mit. An dir ist dieser bittere Kelch vorübergegangen, nachdem du dir einige faule Ausreden hast einfallen lassen und sie dann auch immer wieder in der Nachbarschaft herumposaunt hast. Und bei Bedarf noch immer herumposaunst.

Als die Siedlung vor Jahren bezogen wurde, sind alle Besitzer im ähnlichen Alter, leben als Familie mit Kindern zusammen. Die Beziehungen unter den Bewohnern und auch der Kinder sind von Anfang an zwanglos, freundschaftlich und lebendig. Bei allen Verschiedenheiten der Menschen in einer so der zusammengewürfelten Menschenschar. Die Bewohner der Siedlung werden gemeinsam älter. Besitzerwechsel gibt es kaum. Die Kinder ziehen aus. Zurück bleiben die alle ins Alter gekommenen Besitzer der Häuser.

Diese Vorgeschichte ist das Paradebeispiel einer gelungenen Zusammenwürfelung von Land und Leuten zu einer kleinen Gemeinschaft. Gleichzeitig ist sie der Boden, auf dem die nun folgende Geschichte um die Tanne eine ihr eigene Dynamik entwickelt und zu einem Kabinettstück deiner Sammlung von Realsatiren aus dem Alltag geworden ist.

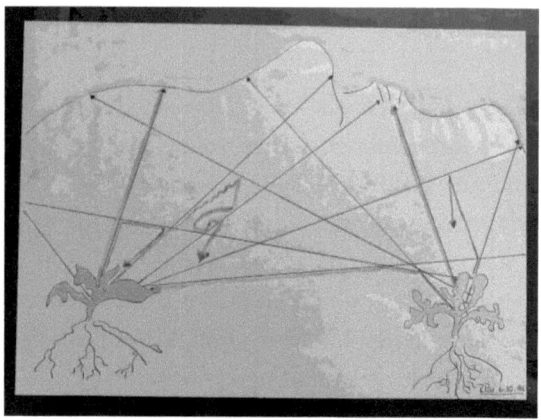

RBr., Ohne Titel, Zeichnung, 6.4.84

Eines schönen Tages, das heisst, es war an einem Abend im Klubraum an einer Eigentümerversammlung gewesen, kommt eine Bewohnerin oder ein Bewohner der Siedlung auf die gloriose Idee, nachdem Lady als Versammlungsleiterin die aufgeführten Traktanden in kürzester Zeit durchgepeitscht hatte und die Versammlung frühzeitig hätte zu Ende sein können, Lady, die gerade die Versammlung mit ein paar Dankesworte an die Anwesenden zu schliessen im Begriff ist, ins Wort zu fallen und anzukündigen, da wäre noch etwas zu sagen.

„Es ist unverständlich," beginnt die Person ihre Brandrede, „weshalb der Vorstand nicht von sich aus endlich das Traktandum DIE TANNE MUSS WEG auf die Traktandenliste gesetzt hat. Ich will niemandem von euch Vorstandsmitgliedern zu nahe treten, nicht behaupten, ihrer machtet eure Sache nicht richtig, und vor allem unser gutes Einvernehmen nicht aufs Spiel setzen. Wenn ich die Tanne anschaue, platzt mir der Kragen. Jeder von uns sieht die Tanne. Es ist unverantwortlich, an der riesigen Gefahr tatenlos vorbeizusehen, die uns durch die Tanne droht. Nicht nur einem Hausbesitzer, mehreren Hausbesitzern sogar. Die Tanne wirft ja nicht nur mächtig Schatten auf unsere Siedlung. Sie nimmt uns auch die Aussicht auf unsere schönen Berge. Die Tanne stellt für unsere Siedlung, für mehrere Häuser unserer Siedlung eine riesige Gefahr dar, falls ein Sturm sie fällen sollte. Immer wieder gibt es Stürme, die grossen Schaden anrichten. Denkt an Lothar. Die grosse Gefahr besteht tatsächlich. Und wir müssen unbedingt etwas unternehmen, um diese Gefahr zu bannen. Was hat eine einzelne, einsame Tanne auf der sonst hübsch begrasten Wiese überhaupt verloren. Sie hat da nichts zu suchen: diese Tanne erfüllt keinen Zweck. Es ist absurd, dass sie auf der Wiese steht. Es gibt keinen Grund, weshalb diese einzige, hoch aufgeschossene Tanne mit ausladenden Ästen, die sogar beinahe auf Gelände unserer Siedlung ragen, weil die Tanne zu nahe an der Grenze zur Siedlung steht ... Jetzt habe ich den Faden verloren. Also, kurzum, ich fordere im Interesse der gesamten Eigentümerschaft, dass sofort über das ausserordentliche Traktandum DIE TANNE MUSS WEG abgestimmt wird."

Im ersten Moment nach dieser Brandrede herrscht unter den Anwesenden betroffenes Schweigen. Bevor jemand anderes das Wort ergreift, erklärt Lady als Versammlungsleiterin, dass dieser Antrag gemäss Gemeinschaftsstatuten zulässig sei. Sie danke für diesen Antrag und eröffne damit die Diskussion darüber.

Dieser Moment erweist sich im Nachhinein als Startschuss für ein Thema, das die liebe Nachbarschaft ins Visier nimmt, sich darauf einschiesst und sich davon über lange Zeit in die Sätze bringt lässt. Dies vor allem, weil sich zwei Parteien gegenüberstehen, die Eigentümer eurer Siedlung und die jeweiligen Besitzer des Landes, auf dem die Tanne steht. Auftrieb gibt dem Thema zudem, dass die Eigentümer eurer Siedlung sich in zwei Lager spaltet. In das Lager derjenigen, denen die Tanne gleichgültig ist und die sich nicht einmischen wollen, und dasjenige der erbarmungslosen Aktivisten in Sachen Kampf gegen die Tanne.

An dieser denkwürdigen Eigentümerversammlung bieten ein paar wenige der Anwesenden den Übrigen während rund zwei Stunden eine surreale, Kopfschütteln verursachende Show. Bis Lady es endlich schafft, gegen das Geschimpfe der Wenigen anzukommen, es zu unterbrechen und mit lauter Stimme anzukündigen, nun sei genügend diskutiert worden. Die Sache sei reif für die

Abstimmung. Wer dafür sei, dass beim Besitzer der Liegenschaft mit der ach so gefährlichen Tanne ein Vorstoss zum Fällen der Tanne gemacht werde, möge dies durch Erheben der Hand bezeugen. Die Mehrheit der Anwesenden ist dagegen.

Lady in ihrer Funktion als Vorstandsmitglied der Eigentümerschaft muss sich wohl oder übel um jeden Mist kümmern, der von Nachbarn an sie herangetragen wird. Diejenigen Nachbarn, die sich den Kampf gegen die Tanne aufs Panier geschrieben haben, sind hyperaktiv. Sie lassen nicht locker. Versuchen unermüdlich zusätzliche Nachbarn auf ihre Seite zu ziehen. Reden sich dabei keineswegs die Münder wund, im Gegenteil, sie reden immer geschliffener. Sie inszenieren sich wortgewaltig als Opfer einer Mehrheit, die den Ernst der Lage um nichts in der Welt einsehen will. Die verschworene Gemeinschaft der Kämpfenden, die eine Minderheit der Nachbarn der Siedlung darstellt, bezeichnen Lady und du, mal seufzend, mal grinsend, als „Die lieben Nachbarn", ein Begriff, der so für euch und mit anderen Gleichgesinnten bald zum geflügelten Wort wird. Obwohl im gelebten Alltag Aussenseiter der nachbarschaftlichen Gemeinschaft, bekommst du von Lady, die in ihrer Funktion als Vorstandsmitglied von allen Nachbarn immer angegangen wird, einen ausgefilterten Teil des Siedlungs-Geschimpfes über die gefährliche Tanne, das die lieben Nachbarn andauernd in Umlauf setzen, kolportiert.

Bei mehreren folgenden Eigentümerversammlungen kommt Lady als Versammlungsleiterin nicht darum herum, ein kurzes Geschimpfe, von den eifrig schimpfenden lieben Nachbarn notwendige Diskussion genannt, zuzulassen. Um das Thema schlussendlich zu beenden, schlägt sie an einer Eigentümerversammlung salomonisch vor, dass sie als Vorstandsmitglied mit dem Besitzer der Wiese sprechen werde. Die lieben Nachbarn sind voll von Bewunderung für diesen genialen Vorschlag. Sie können es kaum erwarten, bis die Tanne fällt.

Lady spricht mit dem Besitzer der Wiese. Der Besitzer, dem die Wiese und die Tanne egal, bloss Wertanlage sind, sichert Lady zu, die Tanne werde gefällt werden. Die lieben Nachbarn unterschieben dem Besitzer Verzögerungstaktik. Dem Besitzer, diesem reichen Fettsack, gehe es doch nur um sein Geld. Verantwortung für die Umwelt sei für ihn ein Fremdwort. Bestimmt werde nichts geschehen. Weil er zu geizig sei, das Fällen der Tanne zu bezahlen. Du stellst den Zweiflern mit ernster Miene die Frage, ob sie den Besitzer persönlich kennen und tatsächlich wüssten, ob er reich und fett sei. Einer der Zweifler wirft gehässig zurück, das stehe hier nicht zur Diskussion. Du trägst es mit Fassung, dass du es mit den Zweiflern wohl verdorben hast.

Nachdem tatsächlich während Monaten, ja über einem Jahr nichts geschieht und die lieben Nachbarn immer ungehaltener reagieren, spricht Lady nochmals mit dem Besitzer der Wiese. Dieser erklärt nun lachend, weil er seit einiger Zeit sowieso vorgehabt habe, diese schöne Wiese, die perfektes Bauland für eine Grossüberbauung ist, zu verkaufen, habe er etwas zugewartet mit dem Fällen der Tanne. Und, wie es eben so sei, die Zeit verstreiche. Er entschuldige sich bei der Eigentümergemeinschaft der Siedlung, dass so lange nichts geschehen sei. Doch nun habe er die Wiese verkauft, könne und dürfe deshalb nichts mehr tun. Dürfe aber im jetzigen Zeitpunkt noch nicht verraten, wer der neue Besitzer der Wiese sei. Sobald die Zeit reif sei, werde er informieren.

Bevor der Besitzer der Wiese die Gnade hat zu informieren, entdeckst du im Amtsblatt, das du in der Regel bloss flüchtig überfliegst, eine Bauausschreibung, die genau auf die angrenzende Wiese passt. Danach soll auf der riesigen Liegenschaft sage und schreibe ein einziges Einfamilienhaus zu stehen kommen. Als Bauherrschaft firmiert eine GmbH mit dem ominösen Namen 80.91 und mit Sitz in der steuergünstigsten Stadt des Landes. Du hältst Lady das Amtsblatt unter die Nase.

„Das musst du den lieben Nachbarn unbedingt mitteilen. Ich vermute, dass niemand von ihnen das Amtsblatt liest," sagst du grinsend.

„Weshalb ich?! Du hast es entdeckt. Dir gebühren die Lorbeeren," sagt sie.

„Dir glauben sie eher," sagst du.

„Das ist keine Glaubenssache. Es steht schwarz auf weiss in einer offiziellen Mitteilung der Stadt, wer der Besitzer der Wiese ist," setzt sie das Schlusswort dieser Diskussion.

„Nein, bloss wer Bauherrschaft ist," behältst du das letzte Wort.

Wenig später weiss Lady zu berichten, dass die lieben Nachbarn die Bauausschreibung ebenfalls entdeckt hätten. Sie eröffnet dir überdies, was die lieben Nachbarn nun wieder ausgetüftelt haben.

„Sie sagten," beginnt sie lachend, „herauszufinden wer hinter dieser GmbH stecke, sei eine knifflige Frage. Damit müsse ein Mann und ein guter Jurist beauftragt werden. Ob ich nicht dich bitten könnte, der du doch ein so guter Jurist seist und erst noch in der Stadtverwaltung arbeitest, diese schwierige Frage zu klären. Im Auftrag der lieben Nachbarn bitte ich dich offiziell darum, den Namen der Ansprechperson der Bauherrschaft zu eruieren," lässt sie fallen und prustet dann los vor Lachen.

Ihr lacht zusammen über die skurrile Weltanschauung der lieben Nachbarn. Neugierig aber bist du dennoch, wer sich hinter einer Firma namens 80.91 GmbH verbirgt. Du recherchierst im Internet. Findest über den im Internet aufzurufenden

Handelsregisterauszug heraus, dass Justus von Schaffensberg Geschäftsführer dieser ominösen Firma ist.

Ausgerechnet Justus von Schaffensberg. Er ist ein Lieblingskind aller seriösen Zeitungen, Fachzeitschriften und auch des Boulevards als erfolgreichster Strahlemann der Nation in allen Belangen. Er hatte zur gleichen Zeit wie du Jura studiert. Ist also Kommilitone von dir gewesen. Im Laufe der Zeit hast du mitbekommen, dass in Kollegenkreisen immer wieder ganz und gar nicht schmeichelhafte Gerüchte über Justus und seine geschäftlichen Machenschaften die Runde machen. Geldwäscherei, Steuerflüchtlinge, Diktatoren aller Länder vereinigt euch usw.. Mit solchen Dingen willst du nichts zu tun haben. Besser du verschweigst selbst Lady, dass du deinen Auftrag der Eigentümergemeinschaft erfolgreich erfüllt hast und das Geheimnis lüften könntest. Du lässt den lieben Nachbarn und der Eigentümergemeinschaft durch Lady ausrichten, du hättest dich ehrlich bemüht, seist jedoch bisher noch nicht fündig geworden. Doch würdest du dranbleiben und weiter informieren.

An der nächsten Eigentümerversammlung erklärst du mit scheinheiliger Miene, dass es unmöglich sei, die tatsächlichen Personen herauszufinden, die hinter solchen verschachtelten Firmenkonstrukten stecken. Am Gescheitesten sei es abzuwarten, was sich auf der Wiese tue. Immerhin sei möglich, dass im Laufe der Bauarbeiten die Tanne gefällt werde. Eine Einsprache gegen das Bauprojekt wegen der Tanne, sei sinnlos. Die lieben Nachbarn nicken mit ernsten, doch sorgenvollen Mienen. Finden dann, das sei wieder typisch. Der kleine Mann habe gegen die Grossen überhaupt kein Brot.

Auf der Wiese wird gebaut. Ein einzelnes Haus. Eine Villa. Gleich angrenzend an eure Siedlung. Neben der ominösen Tanne die stehen bleibt. Gärtner der nobelsten Gartenbaufirma tanzen an und mähen die restliche Wiese, ohne jedoch Anstalten zu treffen, einen der Villa angemessenen Garten einzurichten. Das teuerste Inneneinrichtungsgeschäft der Region fährt mit unzähligen Lastwagen an. Und Lady weiss dir zu berichten, eine Nachbarin habe am Briefkasten der Protzenklotz-Villa, wie das im Bauhausstil gebaute, schlichte, zweistöckige Glas- und Holzhaus von den lieben Nachbarn getauft wurde, am Eingangstor des Gartens und bei der Gegensprechanlage mit Videoüberwachung ein Schild mit dem Namen Nour Müller entdeckt. Das sei bestimmt ein Ausländer. Diese Nachbarin habe auch berichtet, dass sie mit einem Blumenstrauss und einer Konfektdose von Gümpli dem neuen Nachbarn einen Willkommensgruss habe überbringen wollen. Sie sei aber von einer bürokratisch wirkenden Person abgefertigt worden. Diese Person habe sogar gesagt, sie solle die Blumen und das Konfekt wieder mitnehmen. Das sei doch unerhört. Doch man dürfe nicht nachgeben. Sie werde immer und immer wieder klingeln gehen, bis sie die Bewohner der Protzenklotz-Villa überzeugt habe, welcher unermessliche Schaden den lieben Nachbarn durch die immer noch in luftige Höhen ragende Tanne drohe. Wenn das nichts fruchte, darin seien sich alle lieben Nachbarn einig, müsstest du als Jurist an den Herrn Nour Müller einen Brief schreiben, eingeschrieben, deutsch und deutlich!

Doch dazu wird es nicht mehr kommen. Der Sturm hat das Seinige zur Geschichte beigetragen.

Dein Wissen darum, dass Nour ein arabischer Frauenname ist, setzt der Realsatire das Tüpfelchen auf dem i auf. Die Geschichte der eure lieben Nachbarn und auch euch bisweilen in die Sätze bringenden, ominösen Tanne ist dir im Bruchteil einer Sekunde beim Zurückgehen in euren Garten nach der Entdeckung der gefällten Tanne wieder präsent.

Sogleich ist auch die nächste Geschichte da, während du bedächtig und grinsend in euren Garten zurückgehst. Durch Zufall wird für dich gestern das Rätsel um Nour Müller gelüftet.

Sechs

Durch Zufall wird für dich gestern das Rätsel um Nour Müller gelüftet. Gestern am späteren Nachmittag, kam dir zufällig interessantestes Wissen zugeflogen.

RBr., Selbstporträt-Skizze Tagebuch, 27. Juni 1981

Seit über zehn Jahren feierst du mit ehemaligen Arbeitskolleginnen und Arbeitskollegen aus der Verwaltungsbehörde im Sozialbereich, wo du während

–zig Jahren gearbeitet hattest, einen Apéro-Stamm. Informell als K+T benamst. Die beiden Buchstaben stehen für Klatsch und Tratsch. Puristen jedoch nennen den Event „Klub der toten Dichter". Der Name wurde dem Titel des sehr erfolgreichen, beeindruckenden und den öffentlichen Diskurs beflügelnden Films von Peter Weir mit Robin Williams abgekupfert. Ihr trefft euch jeweils am letzten Mittwoch des Monats im Coopi, einer populären Wirtschaft in der Nähe eures damaligen Arbeitsplatzes, nach der Arbeit zu einem Umtrunk. Früher, um Drängendes aus dem Amt zu besprechen. Anlass für diesen Event waren euch revoltierende, in ihrer Durchführung fragwürdige Umstrukturierungen der etwas zu diktatorischen Amtsleitung gewesen. Dagegen hattet ihr euch in guter und konspirativer Absprache wehren wollen und müssen. Jedoch in Anbetracht der Übermacht der Amtsleitung vergeblich. Doch das allen lieb gewordene K+T-Grüppchen überstand schadlos alle Umstrukturierungen und findet, wie bereits erwähnt jeden letzten Mittwoch im Monat statt. Inzwischen sind alle ehemaligen Arbeitskolleginnen und Arbeitskollegen wie auch du pensioniert. Ihr trefft euch weiterhin in fröhlicher Apéro-Runde zum friedlichen Gedankenaustausch über Gott und die Welt.

Logisch, kommen bei diesen Treffen heute immer wieder nostalgische Erinnerungen an Klienten und Klientinnen auf, die ihr früher betreut hattet. Und die den meisten Anwesenden noch ein Begriff sind oder bei der Nennung von Details wieder in Erinnerung kommen.

Gestern fragt Oskar Reller mit verschmitztem Grinsen in die Runde, ob ihr euch noch an K.M. erinnert. Den er, Oskar Reller, kurz vor seiner Pensionierung zur Betreuung zugeordnet bekommen hatte. Diesen verlotterten Obdachlosen, der jedoch nie stinkt und der trotz seiner erbärmlichen Erscheinung wie ein Herr auftritt. Oh ja, nicken und bestätigen alle. Da habe man die Luftveredler-Spraydose immer vergeblich gezückt. Dem Anblick zum Trotz habe er keinen üblen Duft in den Amtsräumen verbreitet. Gestern ist man sich einmal mehr einig darüber, dass dieser K.M. eine der eigenartigsten Nummern in eurer langjährigen Praxis gewesen ist. Ein Mann, der aus geordneten, guten Verhältnissen in eine Lebenskrise abrutscht, in die Obdachlosigkeit gerät und sich total gehen lässt. Alle schauen Oskar Reller gespannt an. Oskar Reller beginnt zu erzählen.

„Stimmt. Ich hatte mich, wie das mein Beruf gewesen war, im tiefsten Punkt seines Lebens mit ihm zu befassen. Fand ihn echt sympathisch. Bedauerte ihn schrecklich. Und bei meiner Pensionierung musste ich ihn an einen Kollegen weitergeben. Gestern nun bin ich K.M. in der Stadt zufällig über den Weg gelaufen. Ohne ihn gleich zu erkennen. Fixiert mich doch ein Mann am Bellevue. Nickt mir freundlich grüssend zu. Der Typ ist originell modisch gekleidet. Ein gepflegter Herr. Höchstwahrscheinlich Anwalt oder Banker, denke ich intuitiv. Er sieht mich sichtlich freudig an. Was mich etwas verwirrt. Sagt verhalten ‚Hallo hallo'. Ich weiss sogleich, dass ich diesen Mann von irgendwoher kenne. Kann ihn aber nicht einordnen. Spontan frage ich ihn, ihn duzend, weil man mit Menschen, denen man irgendwo schon mal begegnet ist, heute in der Regel per du ist, ‚Entschuldige, ich erinnere mich nicht mehr, woher wir uns kennen.' Der Mann stutzt offensichtlich. Wirft dann grinsend hin, ‚Als sie mich, den Obdachlosen, betreut hatten…'. Da geht mir ein Licht auf. Ich sage ihm gleich, falls es ihm recht sei, würden wir beim Du bleiben. Er schlägt vor, dass wir uns im Odeon einen Kaffee genehmigen. Das tun wir. Und er erzählt mir, wie es ihm seit unserer letzten Begegnung vor ungefähr drei Jahren ergangen ist. Als er noch anders dahergekommen war."

„Kaum zu glauben. Er sei als absolut hoffnungsloser Fall angesehen worden. Bei seinem damaligen Zustand", werfen die an der fröhlichen Runde Anwesenden ungläubig ein. Staunende Gesichter. Höchste Spannung liegt in der Luft. Oskar Reller fährt fort mit seiner Erzählung.

„Ich hatte damals im Amt durchaus gewusst, dass K.M. vor seiner Krise gut bürgerlich gelebt, mit seiner Frau eine Werbeagentur betrieben und zwei kleine Kinder gehabt hatte. Seine Frau hatte ihm dann wegen eines Seitensprungs die Hölle heiss gemacht und die Scheidung mit Rosenkrieg durchgesetzt. Er verliert buchstäblich alles. Seine Familie, die Werbeagentur, die er zusammen mit seiner Frau geführt hatte, eine sinnvolle berufliche Beschäftigung, Geld, Haus, Obdach, Zukunftsperspektiven und strukturierten Alltag. Er benötigt finanzielle Sozialhilfe. In diesem Zustand also lerne ich ihn kennen. Betreue ihn während ein paar Monaten. Gestern nun erzählt er, dieser einstmals als hoffnungsloser Fall betrachtete

Obdachlose, dass die Gespräche mit mir ihm geholfen hätten. Ihm neue Zuversicht gegeben hätten. Sodass er gestärkt die Organisation seines Alltags wieder habe mit eigenen Händen anpacken können. Mit seiner geschiedenen Frau habe er sich soweit ausgesöhnt, dass er die Kinder wieder regelmässig sehe. Sie die Geburtstage der Kinder und Feiertage zusammen verbringen könnten. Ein glücklicher Zufall habe ihm das Leben gerettet. Er sei so dankbar für die wirksame Hilfe, die er von den Sozialen Diensten erhalten habe."

K.M. habe dann vorgeschlagen, vom Kaffee zum Abschluss auf Whisky zu wechseln. Er habe ihm dann den wahren Zufall geschildert, der vor zwei Jahren seiner Kehrtwende vom Obdachlosen zum wieder anständigen Bürger den Kick gegeben habe.

Es sei im Odeon nicht bei einem Whisky geblieben, gesteht Oskar Renner grinsend. Zum Schluss habe K.M. gegen seinen, Oskar Rellers, Protest die ganze Zeche locker mit einer Visa Gold Card bezahlt.

Beim Whisky habe K.M. den Faden seiner Erzählung wieder aufgenommen. Ich hätte ihm doch noch die Unterkunft in der niederschwelligen Wohninstitution des Sozialwerks PPP vermittelt. So sei er von der Strasse und dem Übernachten draussen weggekommen. Im Sozialwerk PPP habe er sich, zumindest moralisch einigermassen aufrappeln können. Soweit erholt, dass er sich Gedanken darüber gemacht habe, wie er aus seinem Schlamassel wieder rauskomme. Seine Eltern hätten sich geweigert, ihn zu unterstützen, nachdem er seine Frau und seine Kinder im Stich gelassen habe. Auf dem Gelände des Sozialwerks PPP sei eines schönen Tages ein geschniegelter, älterer Herr etwas suchend rumgestiefelt. An seinem dreiteiligen Anzug, der Krawatte und dem schicken Aktenkoffer als Geschäftsmann zu erkennen. Er, K.M., habe ja gewusst, dass die Sozialarbeiter der Siedlung eine Sitzung haben und nicht gestört werden wollen. Gleichzeitig sei es ihm aber nicht klar gewesen, ob der Mann es auf das Sozialwerk PPP abgesehen habe oder jemanden der Geschäftsleitung des angrenzenden, nahtlos in das Gelände, auf dem die hölzernen Containerbauten des Sozialwerks PPP stehen, kleinen Industriebetriebs habe finden wollen. Ausser ihm, K.M., sei niemand sonst rum gewesen. Er sei daher auf den Fremden zugegangen. Habe ihn gefragt, ob er jemand Bestimmtes suche, ob er helfen könne. Diese kleine Frage habe vom Hundertsten ins Tausendste geführt. Vom Areal des Sozialwerks PPP in die kleine Cafeteria im kleinen Kiosk und Lebensmittelgeschäft im Stationsgebäude der nahen Bahnstation. Zum Schluss sei er, K.M. mit einem mündlichen, durch Handschlag bekräftigten Vertrag gestriegelt und gekämmt dagestanden. Aller finanziellen Sorgen enthoben.

Der Deal sei Folgender gewesen. Der Mann habe erklärt, für einen guten Freund einen hiesigen, unverheirateten Mann zu suchen, der gegen Bezahlung einer erklecklichen Geldsumme bereit sei, eine Ausländerin zu heiraten. Dieser Ausländerin, die hier keine Aufenthaltsbewilligung erhalten könne, müsse unbedingt geholfen werden. In ihre Heimat könne sie nicht zurückkehren, weil sie dort aus politischen

Gründen verfolgt werde. Mit der standesamtlichen Trauung wäre für ihn, K.M., falls er die Voraussetzungen erfülle und gewillt sei, in dieses Geschäft einzusteigen, die Angelegenheit erledigt. Er würde die Frau nie wiedersehen und hätte auch keine weiteren Pflichten ihr oder ihm selber, seinem Vertragspartner, gegenüber. Zudem müsse die Angelegenheit äusserst diskret behandelt werden. Er, K.M., müsse sich verpflichten, keiner Sterbensseele etwas über die Hintergründe seiner Scheinheirat zu verraten.

Der angebotene Geldbetrag habe ihm, K.M., für einen tatsächlich Obdachlosen angemessen erschienen, doch für ihn klar zu gering. Er habe sich entschlossen, zuerst einmal zu verhandeln. Er habe eine ernste Miene aufgesetzt, erklärt, er sei ein Hiesiger und vor anderthalb Jahren geschieden worden. Danach habe er dramatisch vorgeflunkert, dass er nach langen vergeblichen Bemühungen und zähen Verhandlungen endlich ein Angebot erhalten habe, in ein Geschäft aus seinem früheren Tätigkeitsbereich, der Werbung, einzusteigen. Dies sei seine wohl einmalige Chance, endlich wieder auf einen guten Weg und grünen Zweig zu kommen. Aus dem erniedrigenden Dasein eines Randständigen herauszufinden. Die Einkaufssumme in das Geschäft eines früheren Kollegen sei recht hoch. Er habe sie mit bestem Willen nicht runterhandeln können. Doch die Summe sei höher als das, was er, sein Gegenüber, ihm für eine Scheinheirat angeboten habe. Auf die Frage seines Gegenübers nach der Höhe des Einstandspreises habe er einen mehrfachen Betrag des zuvor Gebotenen genannt. Sein Gegenüber habe die

Stirne gerunzelt. Worauf er, K.M. grinsend eingestanden habe, etwas dazugefügt zu haben, damit ihm auch noch etwas an flüssigem Geld bleibe für den Start in ein geordnetes Leben. Nach kurzem Feilschen, das von seinem Gegenüber nicht allzu heftig betrieben worden sei, habe man sich auf einen Betrag geeinigt. Per Handschlag sei der Deal besiegelt worden.

Der Fremde habe sich nicht mit Namen vorgestellt. Jedoch verlangt, dass er, K.M., ihm seine Identitätskarte zeige, um sicher zu sein, dass er ein Hiesiger sei. Die Identitätskarte habe er mit seinem Handy von hinten und von vorne abfotografiert. Auf K.M.s Frage, wie er ihn, den netten Fremden ansprechen dürfe, hatte dieser geantwortet, sein Name tue nichts zur Sache. Er handle ja bloss für einen guten Freund, dem diese Ausländerin am Herzen liege. Ansprechpartnerin für ihn, K.M., sei seine, des Fremden, Assistentin. Er, K.M. solle ihm, dem Fremden, seine Handy-Nummer sagen. Seine Assistentin werde sich dann bei ihm melden, zuerst per SMS, damit er informiert sei, mit wem er es zu tun habe, dann per Anruf. Sie werde sich um die weiteren Details kümmern. Wann und wie er wo und zu welcher Zeit zu erscheinen habe, um die notwendigen Papiere zu unterzeichnen und an der zivilen Trauung im Stadthaus teilzunehmen. Ob er, K.M., TWINT habe. Dann sei ja alles einfach zu regeln. Er, K.M., werde entweder heute noch oder spätestens morgen eine Anzahlung von einem Drittel der vereinbarten Summe überwiesen erhalten. Damit er sich gleich für einen ordentlichen Auftritt auf dem Standesamt ausstaffieren könne. Den

Rest erhalte er nach der Heiratszeremonie auf dem Standesamt.

Er. K.M., habe sich gewundert, wie der Fremde darauf bedacht gewesen sei, seine Identität zu verheimlichen. Irgendwie sei es ihm suspekt vorgekommen. Gleichzeitig aber auch als ein Rätsel, das zu knacken, eine willkommene Herausforderung gewesen sei. Auf dem schicken Aktenkoffer aus schwarzem Nappaleder habe er die in Gold gestanzten Initialen J.v.S. ablesen können. Als der Fremde dann den Aktenkoffer einmal öffnete, habe er einen Blick in das Innere des Koffers werfen können. Dabei für einen Moment ein Aktenstück im Blick gehabt, auf dem der Name Justus von Schaffensberg abzulesen war. Und die Adresse Vogelsangstrasse 21 in der Stadt. Nun habe er auch die Diskretion des Fremden verstanden. Prominent und in den Medien immer präsent, wolle er sich Unbekannten nicht ohne Not mit Namen outen. Er habe sich auf gewundert, weshalb ihm nicht gleich eingefallen sei, wer sein Gegenüber ist. Schliesslich kennt man diesen Promi von unzähligen Fotografien in Zeitschriften und Zeitungen.

Als Oskar Renner gestern in der fröhlichen Apéro-Runde diesen Namen genannt hatte, schiesst dir durch den Kopf, das darf nicht wahr sein! Schon wieder Justus. Und mit ihm, ausgerechnet mit ihm hast du ein Hühnchen zu rupfen bei dem bevorstehenden morgigen Gespräch, das dir auf dem Magen liegt

Oskar Reller fährt in seiner fröhlichen und lockeren Erzählung fort. M.K. habe betont, dass alles nach Plan abgelaufen sei. Doch viel umfassender, als J.v.S. es ihm angekündigt und er es sich vorgestellt habe. Schliesslich sei es darum gegangen, für die Öffentlichkeit und vor allem auch für die Behörden den überzeugenden und glaubhaften Schein zu erzeugen. Noch am gleichen Tag habe er gesehen, dass auf seinem Postcheckkonto der vereinbarte Betrag eingegangen sei. Er habe kaum glauben können, dass das die Wahrheit sei. Nicht bloss ein Traum, dass er sich endlich aus seinem Tief hieven könne. Als sich einen Tag später, zuerst per SMS, dann per Anruf auf sein Handy eine Dame gemeldet habe, deren Stimme freundlich klang, habe er begriffen, dass das Ganze nicht ein Traum sei. Doch die Wirklichkeit. Und diese Wirklichkeit habe ihn mit Haut und Haaren hochgezogen. Die freundliche Dame habe ihm immer die notwendigen Anweisungen erteilt. Er habe nichts, aber auch gar nichts selber entscheiden müssen. Ausser der Wahl des Coiffeurs, wo er seine Frise wieder öffentlichkeitstauglich hatte herstellen lassen, und dem Geschäft, wo er sich mit anständigen Kleidern eindeckte. Denn zur Zeit seiner Obdachlosigkeit sei ihm alles, aber auch ganz alles abhandengekommen. Dann habe die Sache ihren erstaunlichen Verlauf genommen. Von den zwar von der Dame am Telefon rücksichtsvoll und freundlich gemachten Anweisungen sei er im ersten Moment überrumpelt gewesen. Bis ihm klar geworden sei, dass eine Scheinehe auch die Installierung von Scheinlebensumständen bedinge. Die freundliche Dame, deren Name er inzwischen erfahren habe, Alma Küderli, habe ihn nämlich angewiesen, sofort in die für Nour und ihn angemietete Wohnung in der Altstadt einzuziehen. Er, K.M., habe zuerst gleich protestiert, er kenne diese Nour ja überhaupt nicht. Die Dame habe ihn beruhigt, Nour sei sehr nett und er werde sie kennenlernen. Zudem sei die Wohnung nur zum Schein die gemeinsame Wohnung von Nour und ihm. Es müsse der Anschein erweckt werden, als ob sie beide zusammen da wohnten. Für Nour sei es in Wahrheit bloss die Meldeadresse für die Behörden. Sie führe sonst ihr eigenes Leben. So habe er Nour kennengelernt und sie hätten sich gemeinsam in der hübschen, kleinen Wohnung eingerichtet. Nour habe sich als äusserst sympathische und gebildete Frau erwiesen, mit der er auf Anhieb freundschaftlich habe verkehren können. Schwer sei es ihm gefallen, Alma Küderli am Telefon zu gestehen, dass er ihren Chef bezüglich seiner, K.M.s, Berufsaussichten angeflunkert habe. Sie meinte, das sei überhaupt kein Problem. Sie werde für eine Lösung sorgen. Schliesslich müsse er als Heiratswilliger für den Unterhalt seiner künftigen Frau, die noch nicht arbeiten könne, aufkommen. Und sogleich habe er einen Job vermittelt bekommen. Dann sei die Anmeldung zur Eheschliessung erfolgt. Die standesamtliche Trauung habe stattgefunden. Als Trauzeugen hätten Alma Küderli, der er da zum ersten Mal persönlich begegnet sei, und ein Herr namens Reto Salber gewaltet. Danach hätten sie in einer Bar Champagner getrunken. Und das sei es gewesen. Danach habe er seiner Ex-Frau und seinen Freunden gegenüber, unter dem Siegel der Verschwiegenheit, anvertraut, dass er eine Scheinehe mit einer Araberin, Nour, eingegangen sei. Die Meisten hätten sich gekugelt vor Lachen, weil sie es ihm, ausgerechnet ihm, nie zugetraut hätten. Alle hätten Nour auch kennenlernen wollen. Zwischen Nour und ihm sei klar, dass sie verheiratet bleiben werden, bis

Nour sich hier einbürgern könne. Seine, K.M.s, neue Freundin habe sich mit Nour angefreundet. Auch seine Ex-Frau verkehre mit Nour freundschaftlich und auch seine Kinder vergötterten Nour. Er bringe Nour, die fliessend Deutsch spreche und schreibe ein paar Brocken der hiesigen Mundart bei. Über seine derzeitigen Lebensumstände könne er sich beim besten Willen nicht beklagen.

Der spannende Rapport von Oskar Reller regt die fröhliche und zum Teil inzwischen auch angeheiterte Runde zu wildestem Werweisen über die Hintergründe dieser vom Super-Promi Justus von Schaffensberg angezettelten Scheinehe an. Dass da ein stinkreicher Promi über die notwendigen Mittel vrfügt, um seine im Ausland aufgegabelte Geliebte heimlich hierher einzuschleusen. An seiner idyllischen Familie vorbei. Mit der er sich in den Medien hübschest in Wort und Bild feiern lasse. In Wahrheit aber mit der Geliebten die wildesten Sex-Spielchen treibe. Nackt vor ihr krieche und sich mit einer Peitsche den Arsch von ihr versohlen lasse. Die Runde grölt und die Fantasien werden immer wilder. Du verschweigst geflissentlich, dass dir Justus ein Begriff ist, dass du ihn morgen zu einem Gespräch treffen wirst. Dass diese Nour Müller in einem Nachbarhaus der Wohnsiedlung, wo du wohnst, zu wohnen scheint.

Du wachst gemächlich über Rasen schlurfend aus der Erinnerung an die gestrige fröhliche Runde und den da zufällig erhaltenen Informationen, die sich in deine aktuelle Lebenssituation nahtlos einfügen, auf. Mit einem Mal fällt dir spontan ein, dass dein

Heidenrespekt vor Justus, bloss weil er ein Promi ist und in allen nur erdenklichen Kreisen von sich reden macht, lächerlich ist. Schliesslich giltst du als lockerer, umgänglicher und geselliger Typ. Dessen Gesellschaft viele suchen. Hast 69 Jahre in Würde hinter dich gebracht. Schiss vor einem Gespräch mit einem Justus zu haben – . Du kriegst einen Lachanfall. Du fragst dich, wie dir bloss so etwas Blödes einfallen kann, wie Schiss vor einem Gespräch mit einem Justus zu haben. Kindische Anwandlung. Vergiss es. Schiss zu haben vor einem Gespräch – lächerlich! Schau dir die hübsche Umgebung an, in der du lebst und gehe bedächtig und grinsend zurück in euren Garten.

Du näherst dich eurem Garten. Lady, tritt wie ein Gespenst so früh am Morgen, mit Morgenrock bekleidet, aus dem Haus auf den Gartensitzplatz. Du stellst dir vor, wie sie grosse Augen machen wird, sobald sie erfährt, was den in der Nacht während des Sturmes gehörten Knall verursacht hat. Welchen Sturmschaden es zu begucken gibt. Lady nähert sich dir in an dich gerichteter, dringend fragender Körperhaltung und mit fragendem Gesichtsausdruck.

Sieben

Lady tritt, wie ein Gespenst so früh am Morgen, im Morgenrock bekleidet, aus dem Haus auf den Gartensitzplatz, in an dich gerichteter, dringend fragender Körperhaltung und mit fragendem Gesichtsausdruck.

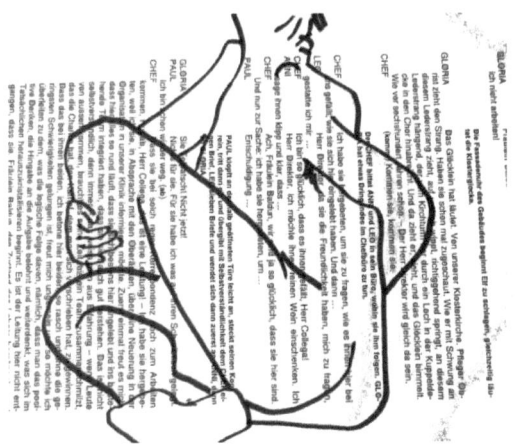

RBr., Filzschreiberskizze auf verworfener Manuskriptseite, undatiert

Du trittst ein paar Schritte zurück, zeigst in Richtung der Tanne, die nicht mehr steht. Wirfst im Brustton glaubhaft geheuchelter Betroffenheit mit ernst gehaltenem Gesichtsausdruck und heruntergezogenen Mundwinkeln hin,
„Da, schau!"

Der gestischen und mimischen Reaktion Ladys auf deine knappe Bemerkung hin, erkennst du, dass sie Klarheit will und nicht schon wieder von dir ins Bockshorn gejagt werden will. Sie bewegt sich mit misstrauischem Blick zu dir hin in die Richtung, in die du zeigst. Sie schaut auf.

„Die Tanne, wo ist die Tanne", platzt sie mit einem Aufschrei des Entsetzens heraus.

„Das versuche ich dir zu vermitteln: sie fehlt", sagst du und kannst das Lachen über Ladys heftige und unerwartete Reaktion nicht länger unterdrücken. Du verstehst nicht, wie Lady entsetzt sein kann, wo die ominöse Tanne des Anstosses wie durch ein Wunder weg ist.

Lady spurtet los aus eurem Garten durch Nachbarsgärten. Sie muss, wie du belustigt feststellst, mit eigenen Augen und aus der Nähe sehen, wie sich die Sturmschaden-Bescherung präsentiert. Nach bloss wenigen Minuten steht sie atemlos mit schmerzverzogener Miene vor dir. Du kriegst einen Lachanfall.

„Ich verstehe nicht, wie man so lachen kann, wenn Frau Müller, die immerhin unsere Nachbarin ist, selbst wenn wir sie nicht kennen, ein so harter Schlag trifft."

„So hart ist der Schlag nun auch wieder nicht. Sie kann sich die Kosten für das Fällen des Baums sparen. Das Wegräumen des gefällten Baums bezahlt bestimmt irgendeine Versicherung. Und wer einen Ferrari besitzt, der …"

„Ein Ferrari! Du sagst, ein Ferrari?! O, mein Gott. So ein Auto kostet doch ein Vermögen."

„Wer einen Ferrari fährt, hat bestimmt noch andere Pferde im Stall, weil diese Dinger so anfällig sind und die Hälfte der Zeit nicht gefahren werden können. In Reparatur sind."

„Typisch. Für dich ein gefundenes Fressen. Wenn andere Schaden nehmen. Lach nur. Deine Schadenfreude ist hässlich! – Ich wusste gar nicht, dass Frau Müller einen roten Sportflitzer fährt."

„Ja, ja, die Frau Müller hat es faustdick hinter den Ohren."

„Schadenfreude ist so etwas von daneben. Sei bitte nicht immer gleich so zynisch."

„Falsch. Es ist nicht Schadenfreude. Auch nicht Zynismus. Mich amüsiert Realsatire im Alltag. Wenn der tierische Ernst überwunden wird. Der Blick sich für das im Leben Wichtige weitet."

„Mir gegenüber kannst du dir deine gescheiten Sprüche sparen. Ich mag so früh am Morgen überhaupt nicht reden. Nein. Nach einer solchen Nacht ist man richtiggehend gerädert. Steht neben seinen Schuhen. Verschone mich, bis ich richtig wach bin. Ich sollte mich nochmals hinlegen."

„Okay. Ich bin schon weg."

„Dein Lachen ist kindisch."

„Kindlich."

„Nein, kindisch! Richtig kindisch. ‚Heiliger Sankt Florian, verschon' mein Haus, zünd' and're an'. Verkehrte Welt, wenn der heilige Sankt Florian auf einen wie dich hört und der Frau Müller durch diesen heftigen Sturm einen immensen Schaden beschert. Dein linkes Getue hängt mir langsam aber sicher zum Hals raus."

„Wie kommst du jetzt darauf! Wir scheinen heute kaum ist es Tag geworden Meinungsdifferenzen zu haben. Ich staune über deine ausserordentliche Eloquenz so kurz nach Tagesanbruch."

„Hör auf mit deinem ach so gescheiten Daherreden! Was du vorhin von dir gegeben hast, ist keine Meinungsdifferenz. Du verhältst dich schlicht und einfach wieder einmal total daneben. Und scheinst es nicht einmal zu merken. Bist erst noch stolz drauf. Was ICH sage, ist immer falsch. DU weisst immer alles besser. Und du hast immer recht. ‚Heinrich, mir graut vor dir.' Du hast ja recht. Wir sollten froh sein, dass die Tanne weg ist. Aber eines muss doch noch gesagt sein. Du hast so eine Art … Wie soll ich sagen ? C'est le ton qui fait la musique. Ein Ton, wie du mit Bestimmtheit über alles und alle hinwegfährst, ist …", sagt Lady.

„Entschuldige, ich muss dringendst pissen", wirfst du rasch hin.

Und schon hast du dich vor Ladys Standpauke ins Innere des Hauses verkrümelt. Du hast nicht einmal gelogen. Im Laufe des Aufenthalts draussen im Gärtchen und auf dem Gartensitzplatz und bei der Morgenfrische hatte der Druck auf Blase und Darm stetig zugenommen. Du magst diesen Druck kaum auszuhalten. Du kannst deinen Schliessmuskel nicht länger zusammenpressen. Du befürchtest, dass, falls du noch länger zuwartest, ein Unglück geschieht. Weil sonst bei einem spontanen Furz oder Fürzchen etwas in die Hose gehen könnte. Gleichzeitig schnaufst du auf, einem sinnlosen und sich endlos in die Länge ziehenden Feilschen darum, wie dein Verhalten einzuschätzen sei, entkommen zu sein. Und irgendwie bist du auch heilsfroh, dieses an einem Morgen sonst unübliche Gespräch abgeklemmt zu haben. Es ist dir auf der Zunge gelegen, dein Wissen um Nour und Justus Lady preiszugeben. Um damit dein Lachen zu rechtfertigen. Womöglich ist es im Rückblick gescheiter, damit noch zugewartet zu haben. Fröhlich sitzt du auf dem Thron und lässt es lustvoll aus deinem Schwanz und deinem Hintern plätschern und krachen.

Du hoffst, dass Lady bereits wieder, wie angekündigt, zurück ins Bett gegangen ist, um noch etwas zu schlafen. Doch sie lauert auf dich bei der Treppe um sobald du aus der Toilette rauskommst nachzuhaken.

„Ich bin so ratlos. Ich weiss einfach nicht, was wir tun können," sagt sie mit Sorgenfalten auf der Stirne.

„Tun wollen WIR überhaupt nichts. Doch steht DIR unbedingt frei, zu tun, was du nicht lassen kannst. Was das sein könnte, ist mir schleierhaft. Zu tun gibt es für uns nichts. Die Tanne gehört zum Nachbargrundstück. Bei uns und bei unseren lieben Nachbarn hat die Tanne keinen Schaden angerichtet."

„Mir tut diese Frau Müller einfach leid. Wenn man sie wenigstens kennen würde, könnte man …"

„Was könnte man dann?"

„Ich weiss auch nicht. Man könnte … Weshalb musst du immer gleich das Schlechte sehen!"

„Wie kommst du darauf! Ich bin keineswegs auf das Schlechte fixiert. Auch hier nicht. Ich bin lediglich ein erklärter Verklärungsgegner. Ich tauche in die

Dinge ein. Begeile mich nicht bloss an mehr oder weniger hübschen Fassaden oder dem ach so schrecklichen Unglück von Anderen. Ich beobachte scharf. Hinterfrage das gesamte Bild. Nicht bloss die Fassade. Richte meinen Blick auch auf die Hintergründe im Grau in Grau der Schlagschatten. Um die Bilder zu komplettieren."

„Du bist hier und jetzt, verflixt nochmal, nicht daran, deinem Hobby zu frönen und an einem Roman zu schreiben. Wir stecken hier mitten im wirklichen Leben. Und müssen uns unbedingt so verhalten, dass wir später einmal nichts zu bereuen brauchen. Und da ist es extrem wichtig, dass man mit seinen Nächsten, und dazu gehören nun mal auch Nachbarn, Mitgefühl zeigt. Verschone mich mit deinem angeblich so scharfen Röntgenblick im Alltag. Wir wollen es doch schön haben, in Frieden leben. Auch und gerade mit dieser Frau Müller , die uns nichts zuleide getan hat und ..."

„Mein Hobby! Du machst wohl einen Witz", fällst du Lady ins Wort. „Ob du es wahrhaben willst oder nicht, meine Schriftstellerei ist nicht bloss ein Hobby. Sie ist eine Berufung. Mein Mittel mit einem Alltag, der oft irritierend und sperrig ist, zurecht zu kommen. Mein Schreiben ist nicht von meinem Alltag zu trennen. Denn es ist das Dasein mit seinen Überraschungen und mit dem Absurden im Alltag, das nach Bedenken, bei mir nach Schreiben, geradezu schreit. Und mit dieser Frau Müller verhält es sich übrigens so, dass ..."

„Du entschuldige. Jetzt muss ich. Und zwar dringend. Wenn ich kann, muss ich. Sonst kann ich überhaupt nicht mehr ...", wirft Lady rasch hin und verschwindet in Richtung oberer Stock, um die Toilette dort oben anzusteuern und sich danach nochmals hinzulegen.

Ist auch besser so, denkst du. Sonst geht das Hin- und Herreden, dieses Gezanke ewig weiter. Gescheiter, du widmest dich jetzt endlich deinem Morgenritual, das du stur jeden Morgen gleich nach dem Aufstehen durchziehst. Deine Neugierde auf die Sturmschäden, deren Entdeckung und die unübliche Geschwätzigkeit von Lady am frühen Morgen haben den üblichen Ablauf nach deinem Aufstehen auf den Kopf gestellt und verzögert. Du wirst, denkst du mit einem Blick auf deine Armbanduhr, während du nach oben in den ersten Stock gehst und dein Büro ansteuerst, an diesem besonderen Morgen mit einer Verspätung von rund anderthalb Stunden in dein dir heiliges Morgenritual einsteigen.

Acht

Du wirst, denkst du mit einem Blick auf deine Armbanduhr, während du nach oben in den ersten Stock gehst und dein Büro ansteuerst, an diesem besonderen Morgen mit einer Verspätung von rund anderthalb Stunden in dein dir heiliges Morgenritual einsteigen.

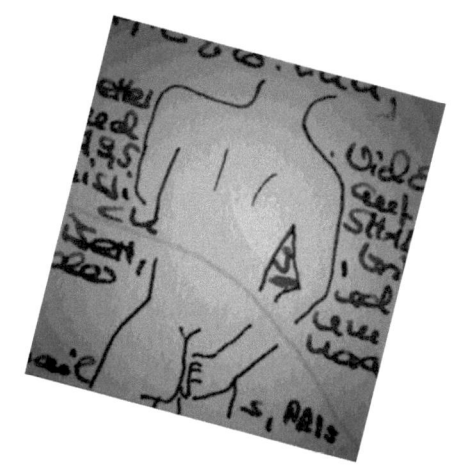

RBr., Auszug mit Vignetten-Skizze aus Tagebuchseite, 2009

Als Mann mit Prinzipien weisst du, was du dir und deinem Körper schuldig bist. Um dich in Schwung zu halten. Um dich auf den neuen Tag einzustimmen. Dein übliches Morgenritual hast du dir in seiner jetzigen Form erst nach deiner Pensionierung entwickelt. Du stehst in der Regel um Sechs auf. Das Morgenritual dauert rund drei Stunden. Du hältst dich stur daran und bist während dieser Zeit für Andere nicht zu sprechen und nicht erreichbar. Selbst Lady respektiert diese Zeit, die du für dich beanspruchst. Sie stört dich nie. Abgesehen davon, dass sie ein Morgenmuffel und gleich nach ihrem Aufstehen, was rund zwei Stunden nach dir der Fall ist, noch nicht ansprechbar ist.

In deinem Büro angekommen, ziehst du dich als Erstes wieder nackt aus. Normalerweise, wenn du aus dem Schlafzimmer kommst, bist du bereits nackt. Dann ziehst du in deinem und in Ladys Arbeitszimmer die Rollläden hoch, beobachtest die morgendliche Wettersituation. Checkst am Thermometer, das die Temperatur von draussen anzeigt, die Aussentemperatur. Gehst zur Toilette und stellst dich dann auf die Waage, um dein morgendliches Körpergewicht zu checken. Dann setzt du dich für eine kurze Sitzung an deinen Computer, um die gestern, in der Nacht und am frühesten Morgen eingegangenen Emails zu checken. Diese nach Möglichkeit gleich zu beantworten.

Manchmal bleibst du am Computer etwas länger hängen, um dies und das zu erledigen oder zu erforschen. Meist Dinge, die mit deinen Plänen für den Tag oder die nächsten Tage zusammenhängen. Ausstellungs- oder Filmprogramme. Oft sind dir beim Wachliegen in der Nacht Dinge eingefallen, die du gleich nach dem Aufstehen am Computer noch erledigen möchtest. In der Nacht sind dir auch schon zu schreibende Passagen für dein aktuelles Schreibprojekt eingefallen. Mitten in der Nacht ausgeheckt, dann wieder in Tiefschlaf versunken. Wie ein Wunder sind sie am Morgen wieder und erst noch wortwörtlich da.

Ist die Morgen-Sitzung am Computer abgeschlossen, ist das Frühturnen an der Reihe. Du öffnest das Fenster, stellst dich in die Mitte des Ghom-Seidenteppichs der längs zum Fenster hin liegt und beginnst mit deinen Übungen. Mit Blick nach draussen. Dein Frühturnen besteht aus Rumpfbeugen, Kniebeugen, einer Kombination der Fünf Tibeter und Yoga-Übungen. Jede Übung einundzwanzigmal: inklusive Kopfstand (anderthalb Minuten) und Liegestützen (vierzehn Stück).

Heute gelingt es dir irgendwie nicht, dich voll und ganz auf deine Übungen zu konzentrieren. Immer wieder schiessen dir die vorhin im Garten spontan gedachten Worte (Schiss vor dem Gespräch mit Justus) wieder ins Bewusstsein. Mit solchen blödsinnigen Gedanken willst du dich nicht herumschlagen oder gar ernsthaft darüber nachdenken. Doch das Echo dieser Worte klingt wieder und wieder nach. Du weisst bei deinem Frühturnen, das du gewissenhaft absolvieren willst, nicht mehr, ob du diese oder jene Übung bereits gemacht. Die richtige Reihenfolge eingehalten und die Anzahl der Bewegungen richtig gezählt hast. Die nicht gelingende Abwehr und Verbannung dieser ätzenden Worte aus deinem Bewusstsein nimmt dich voll in Beschlag und lenkt dich von dem ab, was du nun mechanisch ausführst, die Kontrolle darüber verlierst und kaum mehr weisst, wo du tatsächlich steckst. Es wäre gelacht, wenn eine blöde Einbildung dich, den erwachsenen, ausgewachsenen Mann aus der Fassung bringen könnte! Schiss vor einem Gespräch mit Justus. Schluss damit! Du befiehlst dir ultimativ, deine Zeit nicht mit solchem Mist zu vertrödeln. Du bist fest entschlossen, dich wieder auf den korrekten Ablauf deiner Turnübungen und auf das korrekte Zählen der absolvierten Übungen zu konzentrieren.

Die Erinnerung an deine ersten Begegnungen mit Justus schliddert in dein Bewusstsein. Es gelingt dir diese Erinnerung locker Revue passieren zu lassen und dich dennoch auf deine Turnübungen konzentrieren zu können.

Gleich zu Beginn deines Just-Studiums an der Uni sticht dir beim Gang durch die endlosen Korridore, beim Pausen-Kaffee im Rondell oder in der Mensa ein Kommilitone, der ebenfalls Jura studiert, ins Auge. Gross gewachsen, eine schöne Erscheinung, mit selbstsicherem Auftreten. Das Bild eines attraktiven jungen Mannes. Er studiert ein, zwei Semester über dir.

Von Kommilitonen, die ihn kennen oder bloss von ihm wissen, erfährst du, dass er Justus von Schaffensberg heisst. Einer noblen und reichen hiesigen Familie entstammt und im Militär bereits den Vorschlag zum Offizier erhalten hat. All das beeindruckt dich so sehr, dass du ihm, den du noch nie wissentlich gesprochen hast, den du höchstens in einer Runde, an der du am Rande teilhattest, reden gehört hast, und der dich nicht kennt, nicht mehr unbefangen begegnen kannst.

Siehst du ihn bei einem Gang durch einen der Korridore des Uni-Gebäudes von Weitem dir entgegen kommen und weisst du, dass du ihn gleich kreuzen wirst, wird dein Gang spontan hölzern, du zweifelst, wie du ihm begegnen, ob du ihn grüssen sollst. Und zu allem Elend läufst du noch knallrot an, wenn ihr auf gleicher Höhe seid.

Ob du im Laufe der Zeit an der Uni je direkt mit ihm gesprochen hast, erinnerst du dich heute nicht mehr. Doch, wie es nun mal ist, fallen in fröhlichen Runden mit Kommilitoninnen und Kommilitonen, später von Berufskolleginnen und Berufskollegen immer wieder Namen von nicht anwesenden ehemaligen Kommilitoninnen, Kommilitonen, Berufskolleginnen und Berufskollegen. Klatsch und Tratsch wird über frühere Bekannte ausgetauscht. Justus und seine Karriere bot und bietet noch immer reichlich Gesprächsstoff. Sobald sein Name genannt wird, spitzt du aus Neugierde spontan deine Ohren. Du bist begierig darauf, dir nichts entgehen zu lassen, was über ihn herumerzählt wurde und noch immer wird. Er ist zum ultimativen Promi im Fachlichen und Gesellschaftlichen geworden, über den überall geredet und berichtet wird.

Du gibst zwar nichts auf das ganze Promi-Geschwafel. Doch wenn einer es gewissermassen geschafft hat und offensichtlich Ausserordentliches leistet, fährt das selbst dir, dem durchschnittlichen Subalternbeamten ein. Du hattest mitbekommen, dass er bereits recht früh im Militär Major geworden war. Dass er eine reichste Tochter aus nobelster Familie geheiratet hatte. Sodass du aus deinen Beobachtungen den Schluss ziehen musst, dass die, die in der Gesellschaft und in der Wirtschaft das Sagen haben, zusammenkleben. Aussenstehende haben da keine Chance. Ausser ein besonderer Glücksfall oder verbissener Ehrgeiz katapultiert sie in diese gesellschaftlichen und wirtschaftlichen Höhen. Bei deinen Beobachtungen schwingt gedanklich auch immer, ungewollt und eher verdrängt, eine rechte Prise Neid mit. Der Neid dessen, dem es in Wahrheit nie wirklich wichtig war, wirklich dazuzugehören. Obwohl du, selten zwar und eher zufällig, auch in diesen Kreisen verkehrst und dich dort zu bewegen weisst. Unmerklich kriechen neben einem gewissen Neid Gefühle des eigenen Ungenügens hervor und zwicken und zwacken dich, ob du es willst oder nicht.

Nach und nach sickerten und sickern noch immer in Kollegenkreisen von anwaltlich tätigen Kollegen mit besseren Vernetzungen im Wirtschaftsleben Indiskretionen und Gerüchte über Justus durch, die am Lack dieses hochgefeierten Platzhirsch kratzen. Zum Beispiel, dass Schaffensberg nicht bloss einheimische Wirtschaftskapitäne und –unternehmen zu seinen Klienten zähle und die hiesige Regierung berate, aber auch für beliebige Diktatoren und Oligarchen aus aller Herren Länder willkommene Dienste leiste. Ein Kollege tratscht mit vielsagendem Gesichtsausdruck, dass er aus zuverlässigster Quelle und unter dem Siegel der Verschwiegenheit erfahren habe, bei gewissen „Leuten", ohne Namensnennung zwar, doch habe sich aufgedrängt, dass es sich bei diesen „Leuten" um

Schaffenberg handeln müsse, würden von Aufsichtsbehörden und Gerichten, oft unter dem Druck der Politik, nicht selten beide Augen zugedrückt. Gegen Leute in so hohen Positionen und mit solchen Vernetzungen und die erst noch mit den Spitzen der Politik verbandelt seien, schreckten Behörden und Gerichte davor zurück, allfällige Gesetzesverstösse vorzugehen oder gar Verfahren zu ahnden. Und falls es dennoch zu Verfahren komme, würden die meist kulant erledigt oder verliefen im Sand.

Unverhofft hatte dir ein erstaunlicher Zufall gestern, unmittelbar bevor du von Oskar Reller dessen Geschichte staunend gehört hattest, eine unverhoffte und tatsächliche Beinahe-Begegnung mit eben diesem Justus beschert. Die in das für heute anberaumte Gespräch mündete.

Justus leibhaftig gegenüberzutreten ist dir, bei allem was du im Laufe der Zeit erfahren hast, peinlich. Und die Vorstellung, dich einer Berühmtheit gegenüber behaupten zu müssen, löst Gefühle der Unsicherheit aus. Schiss vor dem Gespräch mit Justus, blitzt dir dabei in den Kopf. Lächerlich! Das gibt es doch nicht, Schiss vor einem Gespräch mit deinesgleichen. Und ob dieser Gedanken weisst du wieder nicht, ob du nun bei deinem Frühturnen bei Liegestütz Nummer neun, zehn oder elf bist.

Einerlei, nach dem Kopfstand und den anschliessenden Lockerungsübungen, ziehst du dich an. Schliesst das Fenster. Stürzest im Badezimmer drei vollgefüllte Becher Hahnenwasser, ungefähr einen Liter, runter.

Das Wassertrinken ist ein Reiseandenken. Im Jahr 2000 hatten Lady und du eine Ayurveda-Kur in Sri Lanka absolviert. Die Regeln dort waren recht strikt und ihr hattet euch so gut als möglich daran gehalten. Beeindruckt hatte dich die Vorschrift, am Morgen als Erstes einen Liter – dort jedoch warmes – Wasser zu trinken. Und danach mindestens eine Stunde nichts zu essen. Du hattest gleich eine wohltuende Wirkung für den Verlauf des weiteren Morgens gespürt. So hast du dir das Wassertrinken am Morgen zur Gewohnheit gemacht. Und in dein Morgenritual eingebaut.

Zurück in deinem Büro schliesst du das Fenster. Ziehst deine Haus- und Morgenklamotten, Trainerhose und T-Shirt an, die Kleider, die du in Sachen Inspektionstour des Sturmschadens heute bereits einmal angehabt und dann wieder abgelegt hattest. Du packst dein Handy und deinen iPad mini. Gehst die Wendeltreppe runter ins Erdgeschoss. Zuerst ins Wohnzimmer, um Handy und iPad mini auf dem Esstisch neben deinem Sitzplatz zu deponieren. Normalerweise ist erst dann der Zeitpunkt, wo du alle Rollläden im Erdgeschoss öffnest. Heute ist das im Wohnzimmer bereits früher geschehen. Du kannst also die Türe zum Gartensitzplatz öffnen, trittst kurz nach draussen, um am Thermometer, das an der Holzsäule, die das Vordach über dem Sitzplatz mitträgt, die Aussentemperatur abzulesen. Dann gehst du in Küche und Bibliothek und öffnest dort die Rollläden. In der Bibliothek steht das Klavier. Du setzt dich ans Klavier.

Übst während einer Viertelstunde an der A-Dur Klaviersonate von Mozart herum. Zum Abschluss des morgendlichen Übens schmetterst du die ersten beiden Sätze der Alla Turca, den krönenden Abschluss dieser Sonate, die du einigermassen intus hast, hin.

Nach dem Klavierspiel machst du auf dem Gang zurück ins Wohnzimmer einen Zwischenhalt in der Küche. Dort steht Lady, die inzwischen ausgeschlafen hat und ebenfalls runtergekommen ist, an der Anrichte und hat eine der beiden Tageszeitungen, die ihr abonniert habt und die sie aus dem Briefkasten geholt hatte, vor sich ausgebreitet. Du nimmst die andere Tageszeitung. Verschwindest damit ins Wohnzimmer an deinen Sitzplatz am Esstisch. Beginnst mit der Zeitungslektüre.

Zu behaupten, dass du die Zeitung intensiv liest, wäre gelogen. Du blätterst die Zeitung rasch durch. Überfliegst lediglich die Schlagzeilen. Um festzustellen, dass die aufgeworfenen Themen, die meist geschwätzigen, besserwisserischen und banalen Kommentare und Berichte dich nicht wirklich interessieren. Doch du willst einen Überblick darüber bekommen, worüber gerade geschrieben wird. Um das Weltgeschehen, um das, was sich an Kultur überhaupt noch in den Medien findet, und um das, was die Medien gerade sonst noch hypen, am Rande mitzukriegen. Selten kommt es sogar vor, dass du einen Zeitungsartikel, meist Theater- oder Filmkritiken, Buchrezensionen oder Interviews mit Soziologen, Historikern oder Philosophen von a bis z liest.

Bist du mit der ersten Tageszeitung durch, kommt es in der Küche mit Lady zum Tausch der Tageszeitungen. Und du widmest dich im Wohnzimmer auch dieser zweiten Tageszeitung für ein paar Minuten.

Nach der morgendlichen Zeitungslektüre kritzelst du mit schwarzem Filzstift rasch eine Vignetten-Skizze in dein Tagebuch …

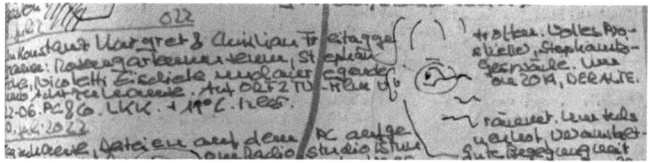

… und hältst dann mit deinem kleinen Montblanc Meisterstück Füllfederhalter in Stichworten deinen gestrigen Tagesablauf fest. Nach diesen im Sitzen am Esstisch durchgezogenen Tätigkeiten gehst du neben dem Esstisch, mit beiden Füssen fest auf dem Boden stehend für rund zwei Minuten in die Hocke, um in körperlicher Ertüchtigung deine Beine und deinen Rücken zu spüren und zu lockern und dabei 150 mal den Schliessmuskel zu kontrahieren. Beide Übungen sind Andenken an früher Erlebtes.

Das Ausharren in der Hocke ist ein Mitbringsel der Indienreise 1972. Diese mehrmonatige Reise durch ganz Indien hattest du mit einem Freund zusammen unternommen. Ihr hattet bald die Gewohnheit der Inderinnen und der Inder mitbekommen, immer und überall, wenn sie nicht gehen und warten, anstatt zu stehen, in die Hocke zu gehen. Insbesondere belustigt euch, wie Männer oft möglichst in Tuchfühlung mit euch in die Hocke gehen. Euch, die Fremden, dabei ungeniert anstarren. Im Nu kreiert ihr für die Hocke der Inder die Bezeichnung Gaga-Stellung. Kommt zum Beispiel der Buss, stehen sie locker auf und gehen beschwingt weiter. Klar, dass auch ihr ausprobieren müsst, wie diese Gaga-Stellung sich anfühlt. Und siehe da, so ziehend und zerrend die Hocke im ersten Moment ist, nach einiger Zeit und vor allem nach dem Aufstehen fühlt der Körper sich gelockert an. Dieses gute Gefühl willst du beibehalten und machst dir die Übung, täglich einmal in die Hocke zu gehen und etwas auszuharren, zur angenehmen Pflicht.

In einem Roman von Martin Mosebach, „Das Beben" oder „Was davor geschah", hattest du aufgeschnappt, dass der Arzt des in die Jahre gekommenen Protagonisten diesem geraten hatte, als einfachstes Allerweltsmittel gegen Hämorrhoiden im Stehen so oft als möglich den Schliessmuskel zusammenzuziehen und wieder zu entspannen, so oft als möglich hintereinander. Das könne man immer tun. Wenn man in Gesellschaft rumstehe oder sonst wo warte. Niemand bemerke es. Zuerst hattest du es total witzig gefunden, dass ein Autor wie Mosebach, der mit Bestimmtheit diese Situation aus eigener Erfahrung kennt, so etwas Persönliches und Intimes in einem Roman preisgibt. Dann hast du selber es aus Neugierde ausprobiert. Und schon ist das Zusammenziehen des Schliessmuskels in die Übung mit der Hocke integriert.

Du erhebst dich aus der Hocke, schüttelst kurz deine Beine zum Lockern und entnimmst dem Büchergestell dein Ringbuch mit den Morgennotizen. Stellst deinen Stuhl quer zum Esstisch. Entnimmst dem Ringbuch die aktuelle, wenn notwendig auch eine noch leere Seite. Die ins Ringbuch gelegten Seiten sind einem Notizblock mit 4mm karierten A4 Blättern entnommen. Dein Plansoll, das du stur jeden Tag erfüllst, besteht darin, mit einem deiner Füllfederhalter von Hand in kleinster und möglichst schwungvoller Handschrift alle schmalen 58 Zeilen einer vollständigen Seite schreibend zu füllen. Diese Manie des flüssigen Schreibens fusst auf einem Erlebnis 1970 in der Thermos Sauna in Amsterdam.

Du hattest nach dem Lizenziat in Jurisprudenz an der hiesigen Uni im Sommer 1970 am Friedenpalast in Den Haag einen mehrwöchigen Kurs für internationales Recht besucht. Mit deinem uralten, vor kurzem erst als Occasion gekauften MG Spider in Racing Green pilgerst du aus Neugierde einmal bei schlechtem Wetter nach Amsterdam in die Sauna Thermos. Dort kommst du ins Gespräch mit einem vielleicht zwei Jahre älteren Saunabesucher aus Berlin. Dieser berichtet dir, dass er soeben sein erstes Romanmanuskript an den Droemer Verlag gesandt habe und nun total gespannt auf deren Antwort sei. Du gestehst dem Berliner, dass auch du schriftstellerische Ambitionen hast. Im Laufe des Gesprächs gibt er dir den Rat weiter, den ein ihm bekannter und berühmter Schriftsteller ihm gegeben habe. Man setze sich jeden Tag vor ein leeres Blatt Papier. Schreibe los ohne nachzudenken, gleichsam wie von selber. Halte schriftlich fest, was einem gerade so einfalle und lasse das ohne zu überdenken aufs Papier fliessen. Möglichst rasch, ohne zu zögern und ohne nachzudenken. Den spontanen Gedanken freien Lauf lassen, ohne über Inhalt und Form nachzudenken. Es gehe dabei darum, die ganze Seite in kürzester Zeit zu füllen. Das sei der Trick, seinen eigenen Schreibstil zu entwickeln. Der unumgänglich ist für ein gutes literarisches Schaffen.

Im Moment dieser Erinnerung an den Ursprung dessen, was du heute deine Morgennotizen nennst, fliegt dir die Erinnerung an einen Satz zu, den du kürzlich in dem Buch aufgeschnappt hast, das du gerade mit grösstem Vergnügen liest. In Paul Austers Roman „4321" schreibt der Autor, auf Seite 180 von 780 Seiten, „Mr. Dempsey kept telling us there was a right way and a wrong way – remember? Maybe with math and science there are, but not with books. You do them in your own way, and if your way is a good way, you can write a good book." Auf deinen persönlichen Stil kommt es bei dem, was du schreibst, an. Deinen persönlichen Stil musst du erlangen. Dann aber auch unbeirrt zu ihm stehen. Nur so kannst du authentisch schreiben.

Das Blatt Papier vor Augen, den Füller in der Hand entscheidest du dich für den Gedanken, der dich am meisten beschäftigt oder gar bedrängt, um mit Schreiben zu beginnen. Der dir im Kopf herumschwirrende Gedanke, der gleichsam als Initialzünder zum Schreiben genommen wird. Und wenn es gut läuft, mündet er in einen spontanen Denk- und Schreibfluss. Schreibend gleichsam über sich selbst hinauszuwachsen, indem man sich nicht scheut, sein Innerstes, vor dem man selber oft zurückschreckt, in ausformulierten Gedanken ernsthaft einzufangen und schamlos festzuhalten. Was dabei an Geschriebenen so originell rauskommt, überrascht und erstaunt dich oft. Scheinbar unbewusst fliesst dein Innerstes aus dir heraus. Du erahnst einen Kern deines Denkens und Seins. Dir gelingen spontan, ohne dass du dich anzustrengen oder nachzuhirnen brauchst, die präzisesten und klarsten Formulierungen. Oft sprudeln dabei nostalgische Erinnerungen samt sich sogleich meldenden Assoziationen hervor und schaffen Ordnung im Gedankenwirrwarr in deinem Kopf. So nimmst du die Kurve gut und schrammst mit lockerem, doch kritischem Hinterfragen und Bedenken dessen, was sich belastet, an der Gefahr vorbei, in emotionale Selbstgerechtigkeit zu schliddern. Oft verblüfft dich mit einem Mal, dass die soeben geschriebene Textpassage genau an die Stelle in deinem in Arbeit befindlichen Romanprojekt passt, an der am Vortrag dein Schreiben ins Stocken geraten war. Du wirst diese Passage im Laufe des Tages aus deinen Handnotizen in den Computer eingeben und ins Romanmanuskript einfügen. Du stellst etwas irritiert fest, dass du bei diesem spontanen Schreiben Umgangssprache gewählt hast. Die zwar flüssig erzählt und gut lesbar ist. Gewissen literarischen Ansprüchen nicht genügen wird.

Sei's drum! Dein Schreibstil ist nun mal dein Schreibstil und damit basta!

Bis 1992, also während 22 Jahren, hattest du dir angewöhnt, diese Schreibübung mehr oder weniger regelmässig, zuerst von Hand, dann ab Mitte der 80er Jahre auf deinem ersten Computer zu machen. Im Juni 1992 schenkte Lady dir auf der gemeinsamen Parisreise aus dem Cartier-Geschäft an der Place de Vendôme den sündhaft teuren, so total schönen, perfekt in der Hand liegenden Cartier Panthère Füllfederhalter, mit der weich schreibenden Feder. Seit da schreibst du tagtäglich stur deine Morgennotizen mit dem schönen Füller auf besagtes, kariertes Notizpapier. Jeden Tag, ob zuhause oder unterwegs, genau eine Seite füllend. Die bisher geschriebenen Seiten sind seit 1992 durchnumeriert. Du wirst heute die Seite 5'038 füllen. Inzwischen hat der Cartier Panthère Füller etliche ebenso wertvolle Geschwister aus anderen Manufakturen bekommen. Inzwischen besteht deine Sammlung aus einem runden Dutzend. Jeden Tag ist ein anderer Füller an der Reihe.

Als Unterlage für dein Notizblatt benutzt du die letzte, sich noch in deinem Besitz befindende Ausgabe von „Theaterheute", dessen Abonnement du hattest auslaufen lassen. Du hattest plötzlich realisiert dass du neben den inzwischen rund zwanzig Jahrgängen dieser Zeitschrift keinen Platz mehr hattest, um weitere Jahrgänge zu stapeln. Ganz abgesehen davon, dass du kaum je eine alte Ausgabe aus welchen Gründen auch immer nochmals hervorgesucht hattest. Du konntest dich locker von den aufbewahrten Zeitschriften trennen. Sie entsorgen, so leid es dir irgendwie dennoch tut. Dieses letzte Heft vom Oktober 2009, das du zugesandt bekommen hattest, ziert auf dem Titelblatt ein inzwischen arg vergilbtes Foto deines Theaterhelden Peter Zadek („His Way 1926-2009"). Auf der Rückseite, ein kleines, ebenso vergilbtes, Foto von Bob Dylan, mit der Beschriftung, „Warum er jetzt den Nobelpreis bekommen muss". Diese Unterlage legst du auf die Sitzfläche deines Stuhls. Darauf legst du das zu beschreibende Notizblatt und drauf heute den Nakaya Füllfederhalter aus Japan, bereit zum Loslegen.

Deine Morgennotizen schreibst du auf den Fersen, vor dem Stuhl hockend auf der Sitzfläche des Stuhls. Es dauert jeweils rund vierzig Minuten bis du dein Plansoll erfüllt hast. Während des Schreibens, vor allem zum Ende hin, beginnt es in deinen zusammengequetschten Unterschenkeln zu kribbeln. Die Beine drohen einzuschlafen. Zusätzlich nimmt der Druck auf die Blase zu. Dann stellt sich dir jeweils die Frage, ob du bis zum Schluss durchhältst oder unterbrechen musst, um die Beine zu lockern und zu pissen.

Auf den Fersensitz beim Schreiben deiner Morgennotizen bist du auf einer Japanreise 1997 gekommen. Du hattest dich in Restaurants und in Ryokans gewundert, wie Japanerinnen und Japaner während längerer Zeit und sehr elegant mit geradem Rücken auf den Fersen bei Tisch mit sehr geringer Tischhöhe hocken können. Irgendwo hattest du dann gelesen, dass es wegen dieser in Japan üblichen und für den Rücken gesunden Sitzposition in Japan weniger

Rückbeschwerden gibt als im Westen. Das hat dich überzeugt. Seither gehört für dich zum Schreiben deiner Morgennotizen der Fersensitz.

Zuerst schreibst du das Datum. Unterstreichst es. Dann beginnt die eigentliche Schreiberei auf der nächsten Zeile. Obwohl du dir vornimmst, unbedingt nicht das bevorstehende Gespräch mit Justus zu thematisieren, lässt es dir keine Ruhe. Du schreibst über das Bild, das du dir von Justus machst. Du beschreibst das Bild, das du dir von dir selber machst. Vergleichst die beiden Bilder. Rutschst unwillkürlich in Urteile / Vorurteile hinein. Glaubst, dem Grund auf die Spur zu kommen, weshalb dir das bevorstehende Gespräch mit Justus Bauchweh macht. Als Lebenskünstler, der du faktisch bist, wirst du auch damit fertig werden. Du mokierst dich über die Formulierung mit dem Bauchweh. Wo du überhaupt kein Weh in deinem Bauch spürst. Sogar dir eingeredet hattest, Schiss davor zu haben. Ohne tatsächlich zu scheissen. Dich belustigen diese blumigen Formulierungen, die nichts mit dem Tatsächlichen zu tun haben. Das, was du bei der rein illusorischen Vorstellung hast, Justus gegenüberzustehen, ist ein „flatus in cerebro".

Die ernstzunehmende Krankheit „flatus in cerebro" ist eine Schöpfung deines Grossvater, der als Arzt Allgemeinpraktiker in einer Kleinstadt in Schlesien gewesen war. Eine Patientin hatte sich bei ihm bitterlich über ihre Krankheit beklagt, die unerträgliche Schmerzen verursache, ihr keine Ruhe lasse und für die sie noch keinen Namen habe. Er, der Arzt, möge endlich ergründen, um was für eine Krankheit es sich dabei handle und welche Medikamente sie dagegen einnehmen könne. Die Patientin kann weder Symptome noch konkrete Schmerzen beschreiben. Dein Grossvater kann beim besten Willen keine Krankheit diagnostizieren. Kennt aber die Patientin seit einiger Zeit. Als gewiefter Psychologe setzt er eine ernsthafte Miene auf. Sagt mit getragener Stimme, bei ihrer Krankheit handle es sich um die seltene, doch schwere Krankheit „flatus in cerebro". Damit sei nicht zu spassen. Täglich drei Tropfen am Morgen, am Mittag, am Abend aus dieser Phiole. Das werde gegen die Krankheit helfen. In einer Woche soll sie zur Kontrolle vorbeikommen. Die Patientin zottelt guter Dinge ab. In die Phiole hatte dein Grossvater zuvor Leitungswasser abgefüllt. Deinem Grossvater wurde dann zugetragen, dass seine Patienten sich wortstark überall damit brüste, unter der seltenen Krankheit „flatus in cerebro" mit diesem so gewichtigen Namen zu leiden. Zur Kontrolle erschien die Patientin pudelmunter. Die Tropfen hätten nach drei Tagen gewirkt. Ein Wundermittel. Die Krankheit sei vorbei. Sie sei wieder gesund. Für Nicht-Lateiner die Übersetzung dieser schweren Krankheit: Furz im Gehirn.

Kaum hast du den Begriff „flatus in cerebro" schwungvoll hingeschrieben, fliessen in heiterster Stimmung folgende Sätze direkt aus deinem Unbewussten aufs Papier: „Ohne dieses lieb gewordene Morgenritual, das von dem, was mich in die Verzweiflung treibt, ablenkt und meiner körperlichen, geistigen und seelischen Balance dient, würde ich vielleicht überschnappen. Ich lobe mir mein stures Festhalten an diesem Morgenritual. Es wappnet mich im Kopf gegen Unvorhergesehenes. Ist zudem ein probates Mittel gegen die ärgsten Stürme im Alltag. Und verhindert Sturmschäden an meiner Person. Gibt der Hoffnung Platz, dem Absurden zum Trotz den nächsten Schritt zuversichtlich zu gehen."

Hast du dein schreiberisches Plansoll erfüllt, darfst du dein Frühstück zubereiten und während des Frühstückens ausgewählte Artikel in den Wochenzeitung WOZ und DIE ZEIT lesen. Du wirst – kurzer Blick auf die Armbanduhr – gegen halb Zwölf frühstücken. Heute einmal mehr dein Intervallfasten mit sechzehn Stunden ohne Nahrungs-aufnahme seit dem gestrigen Abendessen locker einhalten.

Dein Intervallfasten ist reiner Zufall und nicht etwa Ideologie. Anlässlich eines Mittagessens mit einer gleichaltrigen, wie du ebenfalls pensionierten, ehemaligen Arbeitskollegin berichtet diese dir, dass ihr Mann richtiggehend Gesundheitsfanatiker sei. Sehr sportlich, betreibe auch jeden Morgen eine Stunde Yoga und Intervallfasten. Du willst von ihr wissen, was Intervallfasten ist. Den Begriff hattest du zuvor auch schon irgendwo aufgeschnappt gehabt. Solches Gesundheitszeugs interessiert dich jedoch mässig. Daher hast du dich nie darüber schlau gemacht. Doch nun reizt es dich, im lockeren Gespräch doch einmal etwas darüber zu erfahren. Sie erklärt dir, dass ihr Mann nach dem Abendessen, das meist um acht Uhr beendet sei, nichts mehr, ausser Wasser, zu sich nehme bis um zwölf Uhr mittags am nächsten Tag. Damit habe er sechzehn Stunden gefastet und sei dann frei die weiteren acht Stunden zu essen. Du brichst in ein

Gelächter aus. Die ehemalige Arbeitskollegin schaut dich entgeistert an, mit Fragezeichen in den Augen.

„Es ist nämlich so," beginnst du unterbrochen von Lachern zu erzählen, „Lady und ich sind mit Abendessen meist um halb Acht fertig. Bis ich am Morgen mein Morgenritual hinter mich gebracht habe, dauert es meist bis Elf. Dann bereite ich mein Frühstück zu. Bis ich zu frühstücken beginne ist halb Zwölf. Also betreibe ich Intervallfasten ohne es zu wissen. Weil das mein mir angenehmer Rhythmus ist. Komisch, nicht wahr?"

Nach deinem Frühstück, dem Abwaschen des Geschirrs, dem Duschen ist es Zeit, um zum Gespräch mit Justus aufzubrechen. Als Erstes zu Fuss zur Bushaltestelle zu gehen.

Neun

Du brichst zu Fuss zur Bushaltestelle auf. Ein Spaziergang von zehn Minuten. Zeit an der frischen Luft, um deinen Kopf zu lüften. Du amüsierst dich darüber, dass dir das Gespräch mit Justus inzwischen geradezu als Witz vorkommt. Ein Gespräch kann unmöglich dein Untergang sein. Nimm einen Schritt nach dem andern. Es ist noch längst nicht aller Tage Abend.

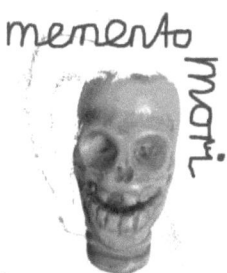

RBr., Collage, undatiert

Du wirst kein Drückberger sein. Du wirst dich, tief einatmend, lächelnd und höflich dem Absurden stellen und die nächsten Schritte glorios meistern. Du bist in aufgeräumter Stimmung. Dabei fällt dir wieder ein, dass du während mehrerer Monate in deinem von Hand geführten Tagebuch jeden Tag mit Akribie eine Selbstporträt-Skizze gezeichnet hattest, um deine momentane Stimmung zu ergründen. Die Morgennotizen hattest du damals noch nicht so regelmässig geschrieben. Der Versuch, möglichst täglich am Morgen deine Stimmung zu ergründen, hatte zwischen Mai und August 1981 hundert Selbstporträt-Skizzen hervorgebracht.

Zu diesem Furz war es so gekommen: Lady und du hattet vor Jahren die Ausstellung einer Kunstmalerin, einer entfernten Verwandten einer älteren Generation, besucht. Du magst diese Kunstmalerin und ihre Bilder sehr. Als Künstlerin ist sie unprätentiös. Sie führt ein normales Leben, ist gut verheiratet, ist nicht darauf angewiesen, mit ihrer Malerei Geld zu machen. Sie erklärt gelassen, na, wenn sich eine Gelegenheit bietet, dann stelle ich meine Bilder liebend gerne aus. Doch sich um Ausstellungsmöglichkeiten zu bemühen, liege ihr nicht. Ihr unterhaltet euch, wann und wo immer ihr zusammen seid, über Kunst. An dieser besagten Ausstellung, die ihr besucht hattet, verblüffen dich ihre ausgestellten Bilder total. Alle Gemälde sind Porträts. Gesichter mit den unterschiedlichsten Gesichtsausdrücken. Mal realistisch, mal verfremdet, surreal oder auch abstrakt. Doch immer sehr aus- und eindrucksvoll. Und von einer Frische, die du der Künstlerin, die doch schon im reifen Alter ist, nicht zugetraut hättest. Als du noch staunend vor einem dieser Bilder stehst und ihr, der Künstlerin, noch nicht zu den gelungenen Werken hattest gratulieren können, steht sie plötzlich hinter dir, tippt dich auf eine Schulter und fragt dich, was du da gerade siehst. Überrumpelt von der Frage zuckst du mit den Schultern. Sie lacht und beginnt zu erzählen.

„Plant man eine Ausstellung, braucht man unbedingt ein Thema. Das Thema muss man selber finden. Die Imagination kommt bloss, wenn etwas einen beschäftigt und man es kennt."

„Klar, das habe ich auch schon gehört," wirfst du dazwischen. „Vor wohl zwanzig Jahren war ich in Key West in der Ausstellung einer Kunstmalerin gewesen, die ich dort kennen gelernt hatte. Kathleen Elgin. Die Ausstellung hiess ‚Highway Number One'. Alle Bilder stellten naturalistisch gemalte Strassen und Strassenszenen mit umgebenden Landschaften dar. Ungewohnte, überraschende und packende Bilder. Kathleen erklärte dann, sie habe sich entschieden genau das zu malen, was sie kenne. Weil sie in New York wohne und ein Ferienhaus in Key West besitze, pendle sie immer im Auto hin und her. Den Highway Number One kenne sie aus dem ff. Und hier setze sie dem, was ein wesentlicher Teil ihres Alltags sei, ein künstlerisches Denkmal."

„Genauso ist es. Man muss malen, was man kennt. Doch manchmal auch den eigenen Willen abschalten und einfach rausfliessen lassen, was spontan kommt. Für die Ausstellung habe ich das Thema ‚Gemalte Gesichter' gewählt. Eine meiner Zeichenlehrerin hatte vor Jahren einmal gesagt, jedes spontan und frei gemalte Gesicht gebe automatisch im Gesichtsausdruck die Stimmung wieder, in der der

Maler / die Malerin sich gerade befinde. Ich habe Tag für Tag möglichst spontan Gesichter gemalt und siehe da ..."

Diese Idee der von dir so geschätzten Verwandten und Kunstmalerin nistet sich in deinem Kopf ein. Tagebuchschreiber bist du damals bereits seit Jahren. Nun reizt es dich, der du auch gerne zeichnest und malst, die Probe aufs Exempel zu machen. Zu schauen, was bei dir rauskommt, wenn du spontan Gesichter zeichnest. Du nimmst dir vor, zu Beginn jeden Tagebucheintrags erst mal ein Gesicht ins Tagebuch zu skizzieren, zu zeichnen. Möglichst jeden Tag. Zudem möchtest du versuchen, hundert Tage mit dieser Übung durchzuhalten. Um dann irgendwelche Schlüsse aus dieser Übung ziehen zu können. Du zeichnest Männerköpfe und meist nehmen sie, so siehst du es, Gesichtszüge von dir an. Improvisation und Spontaneität sind bei deinem Zeichnen nicht unbedingt deine Stärke. So nimmst du dir nach wenigen Tagen dein Spiegelbild als Modell. Bald konzentrierst du dich bewusst auf Selbstporträts und überlässt es dem Zufall, welche Gesichtsausdrücke deine Zeichenlust dir dann beschert und welche Stimmungen du darin erkennen kannst. Kaum hast du ein Porträt beendet, bedenkst du amüsiert dessen Gesichtsausdruck, nimmst dann deinen Porsche Design Titan-Füller zur Hand und beginnt damit, deine drängenden, oft chaotischen Gedanken schreibend zu ventilieren. Um das soeben beendete Porträt herum oder darunter. Loszulassen.

Einen Gedankenfluss unzensuriert aus deinem Kopf über deine Hand in die Feder und aufs Papier fliessen zu lassen.

Du erinnerst dich an die heutige Vignetten-Porträt-Skizze, die vor kurzem an diesem Morgen gedankenlos in dein Tagebuch hineingeworfen hattest: ein lachendes Gesicht. Horrido, dir ist es endlich gelungen, eine lachende Fratze hinzukriegen. Das bevorstehende Gespräch beschert dir kein Bauchweh. Ganz im Gegenteil. Du bist total gespannt und neugierig darauf, wie es ausgehen wird. Seltsam, denkst du, etwas bleibt zurück. Das Gefühl bei der Vorstellung, einem Mann gegenüberzutreten. Unsinn! Vergiss es! Da ist nichts! Lass dich von Illusionen nicht durcheinander bringen. Du bist du. Und jeder andere Mann ist eben der, der er ist.

Belustigt gestehst du dir ein, dass du nicht Aktivist bist. Keine Kämpfernatur, die aufsteht, die richtigen Erzählungen in die Runde schmeisst, eine Gefolgschaft um sich schart und Aufmerksamkeit bekommt, die auch von den Medien und den Behörden nicht mehr ignoriert werden kann. Du gestehst dir resigniert ein, dass du nicht zu Heldentaten geboren bist. Du hältst Tagebuch schreibend im stillen Kämmerlein das Resultat deiner scharfen Beobachtungen fest. Du wälzt wann immer irgendwo unterwegs Gedanken, von denen du erhoffst, dass sie, o Wunder, sich verselbständigen werden und sich von selbst in die grosse, weite Welt hinaus posaunen. Du bist nun mal ein heilloser Träumer. Du denkst, es gibt Aktivisten. Sie sind nun mal anders konstruiert als ich. Mich mit ihnen messen zu wollen, ist vermessen. Denkst du und schnaufst auf.

Anstatt ein Kämpfer zu sein, bis du ein total neugieriger Mensch. Du mischst dich ohne Not nicht in Dinge ein, die dich nichts angehen, oder in fremde Angelegenheiten. Dennoch bildest du dir eine eigene Meinung zu den Dingen, die dir in deinem Alltag an sich oder zufällig unterkommen. Und du stehst zu deiner Meinung. Du beobachtest scharf, worauf dein Blick ausgerichtet ist oder zufällig fällt. Du beobachtest liebend gerne. Vor allem Menschen. Ihre Gesichter, ihre Erscheinung, ihre Bewegungen. Und auch Abbildungen von Menschen auf Fotografien, in der Kunst, auf Bühnen, in Filmen, auf Videos. Wo immer sie zu sehen sind. Das Leben und damit die Menschen und ihr Zusammenwirken sind alles, was du beobachten willst. Sportveranstaltung und technische Dinge, für die ein richtiger Mann sich angeblich interessiert und zu interessieren hat, können dir gestohlen bleiben. Die technischen Errungenschaften benutzt du, wo es angezeigt, sinnvoll, umweltverträglich, nützlich oder auch notwendig ist. Ohne dir Gedanken darüber zu machen, wie das Ganze funktioniert.

Menschen machen dich neugierig. Wie du gebannt Stürme der Natur beobachtest, beobachtest du auch Stürme im menschlichen Dasein. Dich interessieren nun mal die Schäden, die die Stürme jeder Art verursachen und du wendest deinen Blick mit Bestimmtheit nicht ab. Frauen anzuschauen und zu beobachten ist schön. Doch fokussierst du eher intuitiv, vielleicht aus einem gewissen Konkurrenzempfinden heraus, öfters Männer. Als wolltest du am Verhalten von Geschlechtsgenossen erfahren und ermessen, was es braucht, um als richtiger Mann zu gelten. Eine Qualität, von der du die Illusion hast, dass sie dir oft und immer wieder abgesprochen wird. Was dir auch wieder egal ist. In erster Linie bist du Mensch. Das Mannsein wird dir als Rolle aufgedrängt.

Es stürmt gelegentlich in deinem Kopf. Zum Glück, nimmst du an, erleidet dein Kopf bei diesen Stürmen keinen Schaden. Im Gegenteil, dein Denken wird durch Stürme erst richtig lebendig. Der Geist wird immer wieder aufgeweckt, was bisweilen auch ein körperliches Aufzucken bewirkt. Ein Gedankensturm erfasst ganzheitlich. Du lobst dir dein Denken. Selbst wenn Gedankenstürme, wie es ihrer Natur entspricht, Turbulenzen und damit auch Überraschungen mit sich bringen.

Das dich total irritierende Wort Schiss ist dir am frühen Morgen im Zusammenhang mit Schiss vor dem Gespräch mit Justus in dein Bewusstsein gehüpft. Womöglich solltest du dich nicht dagegen wehren dir einzugestehen, dass selbst du Schiss haben kannst. Schliesslich spukt dieser Begriff seit dem ersten Auftauchen aus dem Nichts in deinem Kopf herum. Selbst wenn du es anders haben möchtest, den einmal gedachten Schiss vor etwas kannst du nicht mehr ungeschehen machen. Der Begriff holt dich immer wieder ein. Dir ist bewusst, dass es dabei nicht um Schiss vor einem Gespräch oder Schiss vor einem Justus geht. Es könnte sich ganz allgemein um Schiss vor Männern handeln. Nicht tatsächlich Schiss, doch um ein vages Unbehagen. Ein vages Unbehagen vor deinen Geschlechtsgenossen, die die Rolle zu spielen haben, der du dich nicht so ganz gewachsen fühlst. Die die Rolle besser oder zumindest anders spielen als du. Das Mannsein, Männer beschäftigen dich immer wieder. Die unterschwellige Rivalität mit allen Männern, die dir vor die Augen kommen, führt dazu, dass du alle Männer genau musterst. Abschätzt, mit welchen gut Kirschen essen sein könnte und mit welchen nicht. Welche einen längeren Schwanz, einen blendenderen CV, eine strahlendere Familie, lautstark deklarierte Fussballleidenschaft haben und erst noch Weltmeister im Seitenspringen sind.

Nachdem du am Morgen bei der Besichtigung des Sturmschadens bereits geraucht hattest, hast du deine Zigaretten und ein Feuerzeug in deine Jackentasche gepackt. An der Bushaltestelle, beim Warten auf den Bus, steckst du dir eine Zigarette an und staunst einmal mehr über die unmittelbar letzte, tatsächlich und geistig äusserst turbulente, von erstaunlichen, in sich vernetzten Zufällen geprägte Zeit. Zufälle, die nun im Gespräch mit Justus gipfeln und dich in ein Bedenken deiner Rolle als Mann schliddern lässt.

Hättest du es nicht erlebt, würdest du nicht glauben, dass es diese Folge von Zufällen gibt. Mehrere Zufälle in einer bestimmten, kurzen Zeitspanne. Zufälle, die sich wie in einem Puzzle zu einem Ganzen fügen. Vor kurzem hattest du plötzlich Lust verspürt, wieder einmal etwas von Kafka zu lesen. Zufällig bist du dabei in deiner digitalen Bibliothek auf deinem iPad mini in der Gesamtausgabe der Werke Kafkas auf „Der Verschollene" gestossen. Hattest du zuvor noch nie gelesen. Du hast das Buch verschlungen. Es geht um die Entwicklung Karl Rossmanns zum Mann. Danach fällt dir, initiiert durch einen Medienbericht über Paul Auster dessen Roman „4321" zu. Du liest ihn mit Begeisterung Darin geht es um die Entwicklung Fergusons zum Mann.

Dich beeindruckt in diesen beiden Romanen, wie Karl Rossmann und auch Ferguson trotz aller Fehlschläge immer wieder zuversichtlich einen nächsten Schritt wagen. Beide in ruhiger Art auf Fehlschläge, gleichsam mit Humor reagieren. Ferguson wird schon eher von Gedankenstürmen heimgesucht, geht aber ebenfalls unbeirrt seinen Weg. In ihrer als gelassenen zu bezeichnenden Art, auf die Fehlschläge zu reagieren, erinnern beide dich spontan an Meursault in Albert Camus' „L'Etranger". Beispiele von klar gelebtem Existenzialismus.

Aus Interesse machst du dich über das Leben und Wirken Kafkas schlau. Bekommst dabei mit, dass Kafka zu Lebzeiten kaum etwas veröffentlicht hat, als Schriftsteller weitgehend unbekannt geblieben war. Die von Max Brod nach dem Tod Kafkas veranlassten Veröffentlichungen von „Das Schloss", „Der Prozess" und eben „Der Verschollene" wurden für den Verleger zu einem finanziellen Misserfolg. Während der Nazi-Zeit war Kafka in Deutschland verboten. Richtig entdeckt wurde Kafka erst durch Franzosen und

Engländer. In einer Ausstellung über Kafka schnappst du auf, dass Camus in einem deiner Lieblingsbücher, „Le Mythe de Sisyphe", 1942 ein Kapitel „L'espoir et l'absurde dans l'oeuvre der Franz Kafka" angefügt hatte. Womöglich wurde nicht zuletzt damit Kafkas Ruhm Schub gegeben. Du suchtest einem zufälligen Impuls folgend deine in den 60-er Jahren erstandene, arg zerlesene und zerfledderte Taschenbuchausgabe dieses Werks hervor. Willst dieses Kapitel unbedingt sofort lesen.

Zuhause hast du zu viel Ablenkung. Kannst dich zu wenig auf das konzentrieren, was du liest. Daher gehst du jeweils gerne auf Reisen, in Bus, Tram oder Zügen, wo du ungestört lesen kannst. Gestern vor der Verabredung im Coopi mit deinen ehemaligen Abeitskolleginnen und Arbeitskollegen hast du am Nachmittag nichts vor. So entschliesst du dich, für zwei Stunden im öV zuerst mit dem Bus, dann mit dem Tram, in dem sich ruhiger liest, aufs Geratewohl in der Stadt herumzufahren, um das Kafka-Kapitel von Camus zu lesen. Sorgfältig darauf bedacht, dass das zum Teil bereits auseinandergerissene Buch nicht noch ganz auseinanderfällt und Seiten verloren gehen. Die Beschäftigung mit dem Absurden und dem Existenzialismus fasziniert dich. Und du denkst spielerisch darüber nach, welche ideellen Verbindungen zwischen Kafka, Auster und deinem Lieblingsschriftsteller Camus, den drei Schriftstellern auf die du gerade in Folge innert kürzester Zeit gestossen bist, bestehen könnten.

Nachdem du das Kapitel mit Begeisterung zu Ende gelesen hast, schlägst du das Buch sorgfältig zu und steckst es in deine Freitag-Tasche zurück. Wirfst dann einen Blick auf deine Armbanduhr. Bemerkst, dass es noch etwas zu früh ist, um dich bereits ins Coopi zu begeben. Um Zeit totzuschlagen, verlässt du gestern Nachmittag bei deinem Müssiggang durch die Stadt vor dem Treffen mit deinen ehemaligen Arbeitskolleginnen und Arbeitskollegen das Tram und schlenderst durch ein Stadtquartier, das du kaum kennst, in Richtung Coopi, wo du bald deine fröhliche Runde treffen wirst. Schaust interessiert um dich und wunderst dich über die verschiedenen, dir bisher nicht aufgefallenen Aspekte, die deine Stadt hat, in der du seit Jahrzehnten wohnst und die du zu kennen glaubst. Du staunst elegante, architektonisch und ästhetisch hervorragende Geschäftshäuser an. Plötzlich hörst du ein blechern kratzendes Geräusch, das auf eine zu nahe Begegnung von zwei Autos schliessen lässt. Schaust intuitiv in die Richtung, aus der das Geräusch kommt.

Du siehst, wie vor einem dieser Geschäftshäuser eine schwarze, elegante Limousine – BMW, Porsche oder Mercedes - an einem etwas verlotterten Lieferwagen vorbeigeschrammt ist und ohne anzuhalten wegfährt. Zwei Männer stürzen auf den Lieferwagen zu. Der Lieferwagen trägt, dich laust der Affe, die Beschriftung Sozialwerk PPP. Das du als ehrenamtlicher juristischer Berater des Werks bestens kennst. Einer der beiden auf den Lieferwagen zueilenden Männer ist Luciano. Ein Sozialarbeiter des Sozialwerks PPP. Den anderen Mann kennst du nicht. So ein Zufall, dass du Augenzeuge dieser Streifkollision mit Fahrerflucht bist. Du gehst die paar Schritte auf den Lieferwagen zu, dessen eine Seite samt Kotflügel arg zerkratzt ist. Die Seite sogar zum Teil aufgerissen. Luciano erkennt dich sogleich.

„Hast du das gesehen?!", sagt er und schaut dich grinsend an. „Fährt meinen Lieferwagen zu Schrott und macht sich ohne anzuhalten aus dem Staub. Gut, dass du da bist. Du musst uns helfen. Die Reparatur kostet bestimmt ..."

„Direktor von Schaffensberg ist den Mercedes gefahren," sagt der andere Mann. „Ich habe es genau gesehen. Übrigens, ich bin der Hauswart dieses Geschäftshauses, in dem sich die Firma des Direktors von Schaffensberg befindet. Paul Küderli, mein Name. Daher kenne ich ihn. Am Empfang des Gebäudes können sie sich einen Termin bei Herrn Direktor von Schaffensberg geben lassen. Er darf nicht ungeschoren davonkommen. Ich bin Zeuge. Übrigens ist es verboten, hier zu parken", dabei schaut der Hauswart auf Luciano.

Der Zufall, dass just Justus der Fahrerflüchtige ist, du nach den Recherchen zur 80.91 GmbH schon wieder auf seinen Namen stösst, lässt dich aufhorchen und amüsiert dich als Realsatire, die dir ein gewöhnlicher Alltag aus dem Nichts beschert.

Zu dritt stellt ihr fest, dass der Schaden beträchtlich ist. Das Fahrzeug aber noch in fahrtüchtigem Zustand ist. Jeder von euch zückt sein Handy. Hält den Schaden am Lieferwagen für sich fotografisch fest. Luciano fragt, ob man nicht die Polizei rufen müsse. Der Hauswart winkt ab. Er meint, mit

Direktor von Schaffensberg könne man die Angelegenheit bestimmt gütlich regeln. Du gibst zu bedenken, dass der Beizug der Polizei noch mehr Umtriebe bringe. Eine gütliche Einigung sei bei weitem vorzuziehen. Falls notwendig, könne man die Polizei auch in einem späteren Zeitpunkt noch einschalten. Dann erklärt der Hauswart, er habe noch zu tun. Er erklärt, wo und wie er im Bürohaus zu finden ist. Übrigens, die Assistentin von Herrn Direktor von Schaffensberg heisse Küderli. Am Empfang des Bürohauses könne man sagen, man möchte Frau Küderli gemeldet werden. Die Dame am Empfang arrangiere dann, dass man Frau Küderli treffen könne. Er, der Hauswart, stehe jederzeit als Zeuge zur Verfügung. Und schon ist er weg. Verschwindet im beeindruckenden Stahl- und Glasbau.

Luciano bittet dich, dich um die Angelegenheit zu kümmern. Er sei sich solche Dinge nicht gewohnt. Könne sich kaum durchsetzen und sei schlicht überfordert. Du könntest diesen Geschäftsleuten gegenüber viel besser auftreten, mit deiner selbstsicheren und lockeren Art. Du dürfest ihn und das Sozialwerk PPP jetzt nicht im Stich lassen. Er werde den Schaden seiner Geschäftsleitung mitteilen. Und auch, dass du zum Glück zufällig als Augenzeuge dabei gewesen seist. Und dich mit dem schuldigen Automobilisten herumschlagen würdest. Er müsse dringend weiter und danke dir.

Die Aussicht, als Vertreter eines Geschädigten ausgerechnet Justus gleichsam als Bittsteller gegenüberzutreten zu müssen, hättest du dir vielleicht am wenigsten gewünscht. Gleichzeitig kannst du Luciano und das Sozialwerk PPP unmöglich hängen lassen. Irgendwie gelingt es dir nicht, mit dem Schicksal ob einer solchen Bescherung zu hadern. So sehr dir das, was du tun musst zuwider ist, bist du dennoch total neugierig darauf, wohin dich deine nächsten Schritte führen werden und was sie für dich auf Lager haben.

Deine Verbandelung mit dem Sozialwerk PPP datiert einige Zeit zurück. Durch irgendwelche Beziehungen irgendwann einmal bist du dem Geschäftsleiter des Sozialwerks PPP persönlich begegnet. Ihr habt euch gut verstanden. Kurz darauf hatte er sich wieder an dich gewandt. Erklärt, er habe bloss eine kleine Frage. Als Jurist im Sozialbereich könntest du sie ihm bestimmt sogleich beantworten. Daraus schälte sich im Laufe der Zeit eine ehrenamtliche Beratertätigkeit in juristischen Fragen heraus. Inzwischen kennst du das Leitungsteam, die meisten Institutionen des Sozialwerks, viele Sozialarbeiterinnen und Sozialarbeiter, wirst oft zu Anlässen eingeladen. Kurz, du wirkst im Sozialwerk mit und geniesst es, auch nach deiner Pensionierung noch Einblick in Lebensbereiche zu haben, mit denen du sonst nie in Berührung kommen würdest. Doch diese konkrete Aufgabe, die dir ein kurioser Zufall soeben eingebrockt hat, stinkt dir total. Doch du musst deine Schritte, mit einem blümeranten Gefühl in der Magengegend, in Richtung Eingang dieses imposant glänzenden Glas- und Stahlgeschäftshauses lenken. Der Bereich, in den du gleich eintreten wirst, ist überhaupt nicht deine Welt.

In der riesigen Vorhalle mit viel glänzendem Metall, Marmor und Glas hallen deine Schritte wieder. Du stellst dich vor den kunstvoll gestylten Empfangsschalter und siehst mal auf gut Glück der dich anblickenden Dame lächelnd ins Gesicht. Du spürst, dass dir gelingt, dich locker zu geben.

„Was wünschen sie?"

„Ich sollte dringend Herrn Direktor von Schaffensberg von der Firma 80.91 GmbH treffen. Wir sind", plapperst du einer plötzlichen Eingebung folgend munter los, „ehemalige Studienkollegen und bilden nun das Organisationskomitee für eine Zusammenkunft. Er hatte mir gesagt, ich solle bei Gelegenheit hier vorbeischauen …"

„Da müssen sie sich bei der Assistentin des Herrn Direktor melden. Warten sie, ich melde sie gleich an. Sie können den Lift hier, auf dieser Seite, nehmen. Fünfter Stock. Frau Küderli wird sie am Liftausgang erwarten."

Wenig später strahlst du die adrett geschminkte und frisierte Frau Küderli im elegant sitzenden Hosenanzug an und erzählst ihr, dass du ein ehemaliger Studienkollege von Herrn Direktor von Schaffensberg seist und ihn unbedingt in einer Angelegenheit des Sozialwerks PPP sprechen musst.

„Falls es darum geht, Spenden zu erbetteln, da hat mein Chef wenig Musikgehör. Zu viele Bittsteller glauben er habe unendliche Ressourcen …"

„Nein, nein, es geht um etwas anderes. Er hat mich gebeten, mit ihnen einen Termin zu vereinbaren."

„Lassen sie mich sehen …"

„Möglichst zeitnah, bitte!"

„Morgen um halb Drei. Ist es da für sie möglich?"

Die Dame notiert deinen Namen und für den Fall, dass etwas dazwischen komme, auch deine Handy-Nummer. Beim Abschied lächelt sie, die sich zuvor demonstrativ professionell gab, nett an und fügt sogar hinzu, es freue sie, dich kennengelernt zu haben.

Der Alltag als satirisches Theater mit unzähligen Überraschungen. Und du spielt deine Rolle so gut du kannst. Allzeit gespannt darauf, was als Nächstes noch geschehen wird.

Das war gestern gewesen. Am späteren Nachmittag. Kurz bevor dir ein noch überraschenderer Zufall an der sonst harmlos fröhlichen Runde der ehemaligen Arbeitskolleginnen und Arbeitskollegen nochmals Süffiges aus dem Berufs- und / oder Privatleben von Justus zugespielt hatte.

Heute nun, am Tag der Wahrheit, stehst du an der Bushaltestelle und wartest auf den Bus, der dich in die Stadt bringt. Ganz in die Nähe des glänzenden Stahl- und Glasgeschäftshauses, in dem du in kurzer Zeit Justus treffen wirst. Du hast dein Zigarettchen zu Ende geraucht. Drückst den Stummel im öffentlichen Aschenbecher aus. Da rollt auch bereits der Bus an. Alles läuft rund. Alles wird klappen. Wirst rund eine halbe Stunde haben, um im Paul Auster-Roman „4321", in dem du nach der Kafka- und Camus-Lektüre und der

Beschäftigung mit dem Absurden und dem Existenzialismus wieder weiterliest, einige Seiten weiterzukommen. Glücklich, dass dein Herz normal klopft. Du trotz des bevorstehenden unangenehmen Gesprächs mit Justus Ruhe bewahrst.

Zehn

Du sitzt im Bus. Ruhig und aufgeräumt. Trotz des bevorstehenden, unangenehmen Gesprächs mit Justus. Wie beinahe immer im Bus, wenn du nicht gerade am Lesen eines physischen Buchs bist, packst du deinen iPad mini aus deiner Freitag-Tasche aus. Schlägst die Abdeckung zurück. Tippst deine Zahlenkombination ein. Tippst weiter auf die Kindle-App und wartest, bis Paul Austers „4321" als E-Book da geöffnet ist, wo du beim letzten Mal Lesen mit Lesen aufgehört hattest.

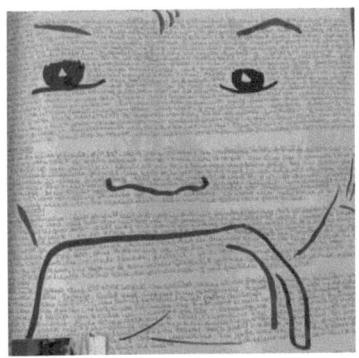

RBr. Selbstporträt in Tagebuch als Denker, 2001

Gedanken begleiten dich immer und überall hin, ob du es willst oder nicht. Und sie spuken in deinem Kopf herum. Machen sich bemerkbar und wollen weitergedacht werden. Gleichgültig, ob sie dir lästig sind und du sie verscheuchen willst, oder ob du um des Seelenfriedens willen doch gewillt bist, ausgerechnet diese Gedanken zumindest anzudenken. Du musst dich faktisch stören lassen. Unmöglich, diese Gedanken und Gedankenstürme per Knopfdruck zu beenden. Obwohl du lesen willst, ist nichts zu machen. Du musst deine Gedanken ernst nehmen. Erkunden, ob sie in dir etwas bewegen wollen, sollen oder müssen. Deinen Blick vom Bildschirm deines iPad mini heben. Ins Leere aus dem Busfenster hinaus lenken. Um frei fürs Denken zu sein. Den Gedankennebel lichten. Aus dem plötzlich wieder zu deinem Ärger der Begriff „Schiss vor dem Gespräch mit Justus" aufblitzt. Den du glaubtest endgültig aus deinem Denken verbannt zu haben. Du bist doch wahrlich kein Hosenscheisser?!!! Deine Kleinkinderzeit hast du als Greis, der du jetzt wahrlich bist, überwunden!

Ach, leckt's mir, denkst du spontan. Was lasse ich mich von ungewollt und zufällig aufblitzenden Worten überhaupt irritieren oder gar aus der Fassung bringen. Auf in den Kampf, Toreador. Bei diesem spontanen Gedankenblitz musst du unwillkürlich grinsen. In deinem Kopf erklingen die schmissige, kämpferische Melodie, die kämpferischen Worte über männliche Tugenden, ach, und der mitreissende Gesang Escamillos aus Bizets Oper Carmen.

Dieses Lied kennst du aus deiner Jugendzeit, als du es zum ersten Mal ab Schallplatte gehört hattest. Dieses Lied hatte es dir auf Anhieb angetan. Es verfolgt dich echt. Berührt dich jedes Mal zutiefst, wenn du es hörst. Lässt dich wohlig erschaudern und rührt dich beinahe zu Tränen. Die Feier des heldenhaften Mannes, der seine Männlichkeit zur Freude der Zuschauer voll auslebt, klingt dabei mit. Zwar ekelt dich das blutige Spiel eines Stierkampfs. Du willst nicht verstehen, wie Menschen Gefallen an einem solchen Spektakel finden können. Bei einem Spanienaufenthalt, als deine Begleiter vollends aus dem Häuschen waren, weil sich die Gelegenheit bot, einen Stierkampf zu sehen, hast du dich standhaft geweigert, zu diesem Spektakel, der, gemäss deinen Empfinden weniger die Männlichkeit als Gewalt und Blut verherrlicht, hinzugehen. Doch letztendlich: strahlender Held bleibt Held.

Die Bewunderung für das Bild des strahlenden Helden hatte sich frühzeitig in dein Inneres hereingeschlichen.. Mit der natürlichen, durch die Entwicklung bedingten Abgrenzung des Individuums in der Jugendzeit macht es unversehens klick und es entstehen wie von selber Freund- und Feindbilder. Genährt von Vergangenem und Erlebtem, das hübsch so erinnert wird, wie es für Zukunftserwartungen und -hoffnungen stimmt. Die Bilder führen dann weitgehend ihr Eigenleben. Geistern in deinem Fühlen und Denken herum. Gedankliche Konstrukte, die dich prägen. Zum Beispiel auch der Held als Gegenpol zum bedrohlichen Mann, dem du als Kind und Jugendlicher tagtäglich in Form des Vaters ausgeliefert gewesen warst. Mit Helden, die du da und dort wahrnimmst, kannst du endlich nicht bloss Abscheu, aber auch Freude an der Männlichkeit und damit auch an deinem Mannsein haben.

Schwamm drüber. Du bist vom Toreador ausgegangen. Die vage Erinnerung daran, dass in den 60er Jahren die Medien oft und ausgiebig über den spanischen Stierkämpfer El Cordobés berichten. Meist mit schönsten Fotos des schlanken und ranken, hübschen Mannes. Dieser El Cordobés ist eine kurze Zeit der Schwarm der meisten Mädchen deiner Gymnasialklasse. Doch nicht bloss der Mädchen. Auch der Jungs. Die den kämpferischen El Cordobés für seinen Mut bewundern, sich dem wildwütenden Stier zu stellen. Fotos aus Zeitungen und Zeitschriften werden gezeigt und herumgeboten.

Selbst du kannst dich diesem Bann nicht gänzlich entziehen. Äusserlich gibst du dich gelassen und distanziert. Insgeheim jedoch faszinieren dich die Bilder dieses hübschen Mannes, der die wildesten und zugleich elegantesten Posen einnehmen kann, ohne sich lächerlich zu machen. Er ist der Mann, mit dem du dich in deiner Fantasie gerne identifizierst. Der du gerne sein möchtest. Und dir ausmalst, wie es wäre, wenn du er wärst.

Deine Bewunderung für den strahlenden Helden bleibt nicht ohne Einfluss auf deine Selbstwahrnehmung. Intuitiv weisst du, dass der strahlende Held und du zwei Dinge sind. Du, der du dich als unsportlich, in körperlichen Dingen als überhaupt nicht wagemutig, eher als zu Recht scheel angeschauten Schwächling siehst, fühlst dich durch das Bild des strahlenden Helden, nicht bloss von El Cordobès, aber aller starken und imposanten Männer noch kleiner gemacht, als du tatsächlich mit deinem ein Meter siebzig bist.

Herrgott nochmal, schimpfst du mit dir. Das Imposante am strahlenden Helden ist die Natur des strahlenden Helden. Jeder Mensch ist imposant. Von Natur aus. Du musst es endlich begreifen. Auch du bist imposant. Dass der, der dir als strahlender Held erscheint, imposanter sei, als du es bist, ist deine Illusion. Und du, du Idiot, fällst einmal mehr auf Illusionen rein. Auf Illusionen, die du dir selber machst und die Hirngespinste sind.

Diese Erinnerungen flackern auf. Grinsend sagst du dir heute, der strahlende Held soll mir im Arsch lecken. Das heisst, du bist überhaupt nicht scharf auf die Spielchen, die gemäss Hildesheimer Mozart mit seiner kleinen Base getrieben hatte. Das mit dem Arschlecken ist bloss eine Redensart. In Wahrheit ist deine Welt in Ordnung, wenn der strahlende Held dir zugeneigt begegnet. Die Furcht, dass der, den du als strahlenden Helden imaginierst, dich mit Imponiergehabe überfährt, ist reine Illusion.

Diese nicht ganz totzukriegende Illusion diagnostizierst du als Nachwirkung deines dich früher während langer Zeit drangsalierenden Vaterkomplexes. Als Kind, Jugendlicher, junger Mann hattest du keine Nähe zu deinem Vater gehabt. Eher Abscheu. Sein Verhalten dir gegenüber hattest du wohl, wie du dir heute erklärst, als abweisend, abwertend und bedrohlich empfunden. Du bestraftest ihn im Heranwachsen mit Nichtbeachtung, trotzigem Widersprechen, Beschimpfungen. Was ab einem gewissen Alter, als du seiner direkten Obhut entronnen warst, in regelrechten Hass mündete. Nach seinem Tod und nachdem du dich mit ihm, seinem gebrochenen Lebenslauf, über den er kaum je ein Sterbenswörtchen verloren hatte, und mit deinem Verhältnis zu ihm beschäftigst, geht dir ein Licht auf. Der Hass war und bleibt Sehnsucht nach seiner Zuneigung und Liebe.

In diesen frühen Erfahrungen, bedenkst du, muss dein zwiespältiges Verhältnis zur Männlichkeit und konkret zu deinem Mannsein wurzeln. Als Kind weisst du, so wie dein Vater willst du auf keinen Fall werden. Jeder Mann ist dir, wie dein Vater, verdächtig. Manche Männer fahren dich hart an. Während Frauen viel freundlicher sind. Dich in der Regel lieb anschauen. Frauen kannst du spielend um den Finger wickeln.

Dein Götti und dein Cousin nehmen dich so, wie du eben bist. Sie nehmen dich ernst. Zu ihnen hast du Zutrauen und kannst dich ihnen gegenüber öffnen. Sie setzen dir nicht ständig unter Strafandrohung Grenzen und dergleichen. Deinen Götti und deinen Cousin nimmst du intuitiv als Männer wahr, die nicht bedrohlich sind. Doch sie sind die Ausnahmen. Generell empfindest du den Mann als potenzielle Bedrohung.

Ganz anders Frauen. Du schwärmst von sich dir zuwendenden Frauen deiner Umgebung. Und du schwärmst von Stars wie den Sängerinnen Lys Assia, Catarina Valente, Edith Piaf, Juliette Gréco, deren Lieder du gebannt am Radio oder von Schallplatten hörst. Von Filmstars wie Marlene Dietrich und auch Gesellschaftslöwinnen, deren Bilder du in Zeitschriften siehst. Aus Zeitschriften schneidest du deren Bilder aus und klebst sie an die Wände deines Zimmers. Du bekommst zwar mit, dass die Frauen deiner direkten Umgebung immer wieder diesen oder jenes Mann als strahlenden Helden herausstreichen, dessen Erscheinung jede Frau unweigerlich aus den Socken haue, doch ist dir immer klar, dass du es mit diesen strahlenden Frauen-Helden nie und nimmer aufnehmen kannst. Solange die Frauen dennoch lieb zu dir sind, kannst du bestens damit leben. Schliesslich musst auch du dir ehrlich eingestehen, gewisse Männer sind tatsächlich strahlende Helden.

Du bist einem fatalen Automatismus unterworfen, dich ständig an den Männern messen zu müssen, denen du, wie du intuitiv annimmst nie das Wasser reichen kannst. Ein Automatismus, der noch immer virulent wirkt und zu einem so lächerlichen Blitzgedanken führt, dass du Schiss vor einem Gespräch mit Justus haben könntest. Scheiss drauf! Lass dir im Arsch lecken! Deine Vorstellungen von Justus, die du dir machst, sind eine – zu vernachlässigbare – Sache. Eine andere Sache ist das Tatsächliche. Du hast einen Termin bei Justus. Du musst ihm klar machen, dass er den Schaden, den er verursacht hat, berappen muss, möglichst noch begleitet von einer Spende an das Sozialwerk PPP. Als Druckmittel hast du Zeugen des Vorfalles und die noch immer mögliche Anzeige bei der Polizei. Du bist klar in der stärkeren Position bei diesem Gespräch. Und lachend wirst du noch anfügen können, dass er ja offensichtlich Besitzer einer stattlichen Villa in deiner Nachbarschaft ist. Das ganze Drum und Dran mit Nour Müller als seiner vermuteten heimlichen Geliebter und dem zertrümmertem Ferrari geht dich nichts an. Dein Wissen und deine Schadenfreude kannst du für dich behalten. Sie sind die Würze des in einem gewöhnlichen Alltag zufällig nebenher Aufgeschnappten und Beobachteten.

Dass dir als Mann im Greisenalter noch immer spontan eingefallen war, vor einem Gespräch mit Justus vielleicht beinahe in die Hose zu scheissen, ist absurd. Die ultimative Aufforderung, endlich heiter und gelassen den nächsten Schritt zu tun. Voller Zuversicht, dass er gelingen wird.

Das Zusammenwirken von Handeln, Erinnerung, Assoziationen und quälenden Illusionen löst bisweilen einen Gedankensturm aus. Verursachen sie etwa einen Dachschaden? Musst du dir ernsthaft Gedanken darüber machen, ob eine Reparatur möglich ist oder nicht? Ob der Gegenstand, der Schaden genommen hat, so wichtig ist, dass eine Reparatur sich lohnt oder nicht. Beim Dachschaden, verursacht durch den Gedankensturm, präsentiert sich die Situation als komplex. Der Gegenstand, der Schaden genommen hat oder haben könnte, die Gefühle, ist kein greifbares Objekt. Gefühle sind ein flüchtiges Medium, das sich aus bewusst, aber auch unbewusst im gedanklichen Fundus Gespeichertem speist. Ob deine Gefühle Schiss oder Begeisterung auslösen, entzieht sich deiner Macht und Kontrolle. Da ist nix zu machen. Nähre möglichst sportliche und gut trainierte Gedanken, um die Ruhe nach dem Sturm nach und nach mit etwas Glück wieder einkehren zu lassen. Vielleicht gelingt es dir dann sogar, darüber zu lachen. Lachen entspannt. Und fördert einen respektvollen Umgang mit Dingen. Im Fall eines bevorstehenden Gesprächs genügt ein freundliches Lächeln.

Du bist ein Clown. Gegen aussen hin meist, wenn du nicht gerade einen Wutanfall kriegst und wie von Sinnen schimpfst, angepasst höflich mit breitestem

Grinsen. Dein Inneres besteht aus einem Sammelsurium von Schnapsideen, Schnapseinfällen und Schnapsassoziationen. Was Wunder, dass du bisweilen befürchtest, endgültig durchzudrehen. Immer dann, wenn du befürchtest, in deiner Umwelt unter die Räder zu kommen. Kant hat dich in seiner „Metaphysik der Sitten" vielleicht bereits erfasst: *Wer sich zum Wurm macht, kann nachher nicht klagen, dass er mit Füssen getreten wird.* Du bist klar kein Wurm. Du bist das Paradebeispiel eines unverbesserlich herumwirbelnden Geschichtenerdenkers und Geschichtenerzählers ohne Grenzen. Als *storytelling animal*, als was Salman Rushdie den Menschen bezeichnet, erfährst du etwas über Menschen, vor allem aber über dich. Du erforschst dein Leben. Das Diktum von Sokrates dir zu Herzen nehmend: *Das unerforschte Leben ist nicht lebenswert.* Du willst den unerfindlichen, verschlungenen Wegen ahnend, vermutend auf die Spur kommen, die dein Wissen und Empfinden vielleicht bewirkt haben. Vielleicht solltest du dich wieder einmal ins „Das Prinzip Hoffnung" von Ernst Bloch stürzen. Du besitzt es in einer zerlesenen, dreibändigen Taschenbuchausgabe, die du 1985 erstanden hattest. Du musst dieses Kapitel wieder finden, in dem er Tagträume als genauso bedeutsam und interpretierbar herausstreicht wie die Nachtträume. Dir ist nicht mehr präsent, was er zu dieser Feststellung noch geschrieben hat. Du solltest dich darüber wieder einmal schlau machen. Du willst deine Tagtraum-Geschichten bedenken. Zusätzlich treibt es dich bisweilen, das flüchtige Gedankliche Wort für Wort schwarz auf weiss festzuhalten. Um es präzise und wohlformuliert zu erfassen. Erst kürzlich schossen dir die ersten Sätze einer soeben dir einfallenden Geschichte, die später den Titel „Sturmschaden" verpasst bekam, unterwegs in der Zugskombination Friedrich Dürrenmatt des IC5 in eine Nachbarstadt, aus dir heraus. Sogleich kritzeltest du im Zug schreibend drauflos: *Du verkriechst dich mit deinem Kopf aus der Beinahe-Dunkelheit in dunklere Dunkelheit unter deine Bettdecke.* Und schreibst ...

Du schreckst mit Blick auf den Bildschirm deines iPad mini, den du noch immer geöffnet in deinen Händen hältst, aus deinem Gedankengeschwrubel auf. Nimmst wahr, dass der Bildschirm ausgelöscht ist. Tippst auf den Knopf auf der Seite, bis der Zahlenblock sichtbar wird, in dem du deinen Code eingeben kannst. Und schon wird die Seite deines E-Books sichtbar, auf der du gestern zuletzt mit Lesen in Paul Austers „4321" aufgehört hattest und heute unterwegs wegen der drängenden Gedanken kein einziges Wort weitergelesen hast.

Nach deinem Gedankensturm magst du dich nicht mehr auf das Lesen eines dich zwar brennend interessierenden Textes zu konzentrieren. Auster beschreibt darin Situationen, die so treffend bloss zu beschreiben sind, wenn der Autor sie selber erlebt hat. Das Ausplappern von Intimem ist für dich durchaus legitim. Nicht als Nabelschau. Doch gibst du damit deine Tricks preis, wie du es Tag für Tag schaffst, heiter und gelassen mit dem Absurden im Alltag umzugehen. Schliesslich ist das Ziel einer Erzählung, das wahre Leben zu reflektieren. Die Wirklichkeit und das Authentische im Rahmen von zufallenden Geschichten einzufangen. Auster gibt in seinem Roman, der 2017 als sein zweitletzter Roman erschienen ist und den er als das Buch seines Lebens bezeichnet, klar Intimstes und Persönlichstes aus seinem Leben preis. Diese Bekenntnisse sind nicht bloss okay. Sie geben der Erzählung erst die Würze und machen sie wertvoll und packend.

Du schaust zum Busfenster raus. Just in dem Moment, wo der Bus die Brücke überquert, wo der See in den Fluss mündet. Dich fasziniert der Blick über das Seebecken zu den verschneiten, fernen, so greifbar nah scheinenden Berggipfeln in der Sonne vor dem blauen Himmel. Die Freude über diesen Anblick entspannt dich total und lässt ein Wohlgefühl deinen Körper durchrieseln. Eine Wendung des Kopfes und auf der andern Seite bietet der dich ebenfalls begeisternde Ausblick die malerische Silhouette der am Flussufer zu beiden Seiten sich ausdehnenden Altstadt mit den aus Häuserzeilen herausragenden Kirchtürmen. Vertraute Ansichten, doch gleichzeitig immer wieder überraschend in ihrer Schönheit des Augenblicks. Die vorüberziehende Welt anzustaunen langweilt dich nicht im Geringsten, sie weckt deine Neugierde und erheitert dich. Du verlierst dich sogleich ins Rausschauen. Sagst dir, so schön, Maulaffen feilzuhalten.

Eine Ansage im Bus. Du spitzt deine Ohren. Du schärfst deinen Blick nach draussen. Die soeben angesagte Haltestelle ist eine Haltestelle nach der Haltestelle, an der du hättest aussteigen wollen. Ein Blick auf deine Armbanduhr. Du bist viel zu früh dran. Du steigst aus dem Bus. Kannst in Ruhe zum Bürohaus zurückschlendern, in dem du Justus treffen und in den Senkel stellen wirst.

Elf

Im Bus sitzend schreckst du auf. Du hast vergessen an der von dir herausgetüftelten Haltestelle auszusteigen. Bist zu weit gefahren. Du steigst aus dem Bus aus. Bist viel zu früh dran. Darfst dir daher gönnen, in Ruhe zum Bürohaus zurückzuschlendern, in dem du Justus treffen und in den Senkel stellen wirst.

RBr., Selbstporträt nach Foto, Aquarell, Juli 1980

An dieser Haltestelle kommst du selten vorbei. Zum ersten Mal nimmst du wahr, dass sie an einen kleinen Park grenzt, dem du bisher nie Beachtung geschenkt hast. Du bist neugierig, ob der ausserordentlich heftige Sturm in der Nacht auch hier gewütet, als Spuren umgefegte Bäume hinterlassen und Schaden angerichtet hat. Du machst ein paar Schritte in den Park hinein. Wunderst dich, welche idyllischen Oasen es angrenzend an elegant gestylte Geschäftsstrassen mit imposanten Stahl-, Glas- und Betonbauten mitten in der Stadt noch gibt. Ein an sich hübscher Park mit altem Baumbestand, Hecken, Büschen und mit einer stimmigen Auswahl an mit farbigen Blumen bepflanzten Beeten. Du siehst, dass hier kein einziger Baum geknickt ist. Doch liegen kleinere, aber auch grössere Äste kreuz und quer auf den Wegen und Wiesen herum. Klar Spuren des Sturms. städtische Gartenarbeiter, die ihr Fahrzeug auf einem der mit Fahrverbot belegten Parkwege geparkt haben, sind eifrig dran aufzuräumen. Hier geht das Leben auch nach dem Sturm ordentlich weiter.

Die bevorstehende Begegnung mit Justus, in Kombination mit der Mussezeit während des Schlenderns, nun draussen auf der Strasse, wirbelt das unbewusste, vielleicht unverarbeitete Empfinden in deine Gedanken zurück. Dich den auftauchenden, drängenden Gedanken zu verweigern bringt nichts.

Dein Dasein als Mann und die Männlichkeit generell halten dich immer wieder und jetzt in der Situation, in die du zufällig hineingeschliddert bist, gedanklich gefangen. Aktivieren die Dringlichkeit, dich mit dem dich Irritierenden eingehend zu befassen, das schon immer in dir schlummert.

Fällt dein Blick unversehens und zufällig auf einen Mann, durchzuckt dich meist der Gedanke, das ist ein richtiger Mann. Im Gegensatz zu dir, der du dich irgendwie nicht als richtiger Mann empfindest. Das Leben als Mann, ach! Der Umgang mit den anderen Männern: Eine leidige Sache! Du hast nicht die geringsten Schwierigkeiten, auf Frauen zuzugehen. Doch gehst du auf einen Mann zu, überfallen dich leise, doch nagende Zweifel und vermasseln dir ein unbeschwertes Auftreten. Du schüttelst deinen Kopf darüber, dass es dir, sobald du dich explizit als Mann geben und überdies noch den starken Mann markieren sollst, dir beinahe unmöglich ist, dich sicher und zuversichtlich zu geben. Deine Männlichkeit ist irgendwie verdrängt. In eine Sackgasse abgeschoben.

Obacht! Diese Art von Verletzlichkeit liegt im Trend. Plumpse bloss nicht in das Gefängnis nichtssagender Formeln. Selbst wenn sie noch so in Mode sind. Bei der Vorstellung, dass du die vermeintliche Verletzlichkeit bloss Vulnerabilität zu nennen bräuchtest, um dich damit vor allen Leuten brüsten zu können, wieherst du gleich los vor Lachen. Deine Lebenskunst ist echt ars vivendi, darüber herrscht kein Zweifel. Ist es nicht befreiend, auf im Trend liegendes Gescheites zu scheissen. Dennoch, dein unterschwelliger, dich immer wieder zwickender und zwackender Schiss vor Männern ist Schiss vor Männern, und damit basta! Kein noch so wohlklingendes Fremdwort mag dies zu verbrämen. Du willst endlich mit diesem Unsinn ein für allemal aufräumen. Dein Schiss ist lächerlich, sagst du dir. Und unversehens lachst du. Denkst, hoppla, jetzt lache ich.

Das Mannsein hattest du mit einer Komponente Bedrohlichkeit verinnerlicht gehabt. Den grossen und starken Mann in deinem Umfeld, deinen Vater, hattest du als unnahbar und vor allem jungen Jahren als bedrohlich erlebt. Du hattest alle Männer in den gleichen Topf geworfen. Und hattest gehofft, nie so zu werden wie sie.

Deine Mutter hatte deinen Vater später mit der Bemerkung in Schutz genommen, er habe mit kleinen Kindern nichts anfangen können und sich immer darauf gefreut, bis du genügend gross geworden seist, um mit ihm Schach spielen zu können. Als es dann soweit war, hattest du die Schachfiguren jeweils versteckt und mit Unschuldsmiene behauptet, du könntest sie nicht finden. Bloss, um nicht mit dem Vater Schach spielen zu müssen.

Mit dem Mannsein hängt das Geschlechtsleben eng zusammen. Im Laufe eines langen Lebens hast du Sex genossen, doch nie fordernd und hyperaktiv. Und du warst immer peinlich berührt, wenn Männer mit ihren Sex-Abenteuern protzten. Wenn sie sich als Platzhirschen aufspielten. Da konntest und wolltest du nicht mithalten.

In diesem Zusammenhang hatte dir das Wort „weibisch" gleichsam als Kröte im Hals gesteckt. Noch immer klingt dir im Kopf nach, wie dein Vater sich in fröhlicher Runde über weibische Männer lustig macht und sich über sie auslässt. Und die gesamte Runde grölte vor Lachen. Selbst die Frauen wischten sich Tränen des Lachens aus den Augen. Bisweilen hatte dein gestrenger, mit preussischem Schneid auftretender Herr Vater dein Verhalten mit verächtlichem Tonfall als weibisch bezeichnet. Du hattest nie genau erkennen können, woraus dein Makel besteht. In diesen Momenten fühltest du dich verachtet, ungeliebt, am Boden zerstört. Doch du kannst nicht aus deiner Haut raus. Du bist nun mal so, wie du halt bist. Dass deine Eltern, vor allem dein Vater, das unbedingt nicht einsehen wollen! Zum Verzweifeln! Immer wieder bildest du dir ein, dass Andere dich für das, wie du bist und dich gibst, vielleicht genauso verachten und ablehnen, wie deine Eltern es tun. Es hat lange gedauert, bis du auf diese, in deinem Kopf wuselnden Illusionen der Anderen nicht mehr reingefallen bist. Dir gleichgültig wurde, was die Andern über dich und dein Sein vielleicht denken.

Unversehens fällt dir die Mundart-Redewendung ein, „Füdli ha", „Eine het Füdli" (Gesäss haben, Einer setzt sich durch). Ein witziges und geistreiches Wortspiel der Mundart zum Gesässmuskel, dem Gluteus Maximus, der für den aufrechten Gang wesentlich ist. Musculus gluteus maximus – stabilisiert das Becken im Stehen und ermöglicht den aufrechten Gang. Was Wunder, dass gut ausgeformte Hintern dich immer wieder faszinieren. Zudem sind Bubble Butts im öffentlichen Geschwätz inzwischen salonfähig geworden. In allen Medien, inklusive Social Media.

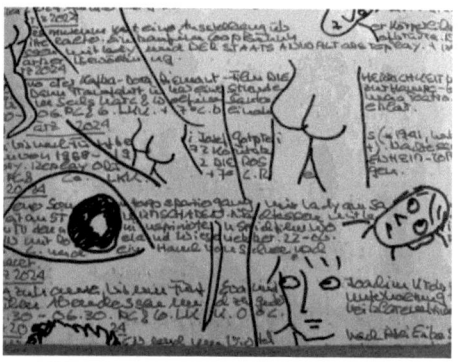

RBr., Auszug Tagebuchseite März 2024

Der Kehrseite beim scharfen Beobachten von Menschen und gerade auch von Männern schenkst du, ob anständig oder auch nicht, intuitiv Beachtung.

Vage erinnerst du dich, wie ihr im Gymnasium in einer Deutschstunde einen Text von Uwe Johnson durchgenommen hattet, in dem der Autor einen schwachen, allen gefälligen Mann unter anderem damit charakterisiert, dass er einen flachen Hintern ohne ausgeformte Hinterbacken hat. Der Deutschlehrer hebt diese Charakterisierung als witzig und geistreich hervor. Dieses Detail bleibt in deinem Kopf bis heute hängen. Eine schwache Persönlichkeit soll oder kann an einem wenig ausgebildeten Hintern erkennbar sein. Der gleiche Gedanke drückt sich in der mundartlichen Redewendung aus, wie ein vollgeschissener Sack herumzulaufen, für einen mangelnden aufrechten Gang.

Die Konzentration auf starke Hintern ist nicht bloss ein Furz von dir. In der Kunst ist sie gang und gäbe. Siehe griechische Statuen von nackten Menschen. Nicht ausschliesslich Männern. Oder Rubens & Co. mit lebendigster Fleischlichkeit. Neulich, in der Ausstellung „begehrt. umsorgt. gewartet / Körper im Mittelalter" im Landesmuseum, sticht dir eine kolorierte Federzeichnung aus dem frühen sechzehnten Jahrhundert in die Augen. Sie stammt aus dem Solothurner Fechtbuch. Soll eine Kampfübung darstellen. Zwei aufrecht stehende Männer, die gegenseitig ihre Arme je um den anderen geschlungen haben. Der eine Mann ist von hinten gezeichnet, in leicht seitlicher Ansicht, nach rechts blickend. Sein starker Hintern zeichnet sich unter einer satt sitzenden langen Hose ab. Der andere Mann steht nach links schauend von vorne in leicht seitlich Ansicht, von der anderen Figur halb verdeckt, doch sein Hintern zeichnet sich als Kontur, unter ebenfalls sehr satt sitzender Hose, prominent ab. Der Zeichner muss offensichtlich seinen

Spass daran gehabt haben, in schwungvollen Linien diese Körperteile festzuhalten. Und erst noch durch die Farbgebung hervorzuheben. Hervorstechen zu lassen. Was damals wie heute nicht möglich gewesen wäre und ist, wenn solche Darstellungen nicht allgemein akzeptiert, gesucht und vielleicht sogar begehrt werden.

Tatsächlich schaust du unterwegs in der Öffentlichkeit wenn immer möglich Menschen an. Maulaffen feilhaltend studierst du Gesichter. Gesichtsausdrücke, Figuren, Gesamterscheinungen. Gesichter sind zwar spannend und ein Quell unzähliger Informationen und Annahmen über eine Person. Doch ziehen dich Hintern genauso an. Wohlgeformte Hinterteile nimmst du gerne ins Visier. Ohne sinnliche, erotische oder gar sexuelle Hintergedanken. Du schaust sie schlicht und einfach an. Hintern sind einfacher zu erfassen als Gesichter. Schaust du insbesondere Männer an und ihnen nach, bist du intuitiv erpicht darauf, neben dem Gesicht, dem Kopf und der Figur explizit auch die Kehrseite zu sehen. Wie der Hintern geformt ist. Vielleicht bist du süchtig danach, verstohlene Blicke auf Männer zu werfen. Der Anblick von Männern vielleicht die verzweifelte Suche nach einem Mann ist, der du nicht wie deinen Vater damals als bedrohlich zu empfinden brauchst. Deine Besessenheit vom Anblick von Männern spielt dir gleichsam Variationen der Männlichkeit zu. Söhnt dich vielleicht mit deinem dich abstossenden, weil bedrohlichen Männerbild und damit mit deinem Dasein als Mann aus. Das Absurde an deinem Verhalten interpretierst du gleichsam als nützliches Accessoire eines normalen Daseins. Für das du dich nicht zu schämen brauchst. Schliesslich schaust du nicht ohne Grund hin.

RBr., Selbstporträt-Skizze, Nr. 23 im Tagebuch vom 5.Juni 1981

Dir vorzustellen, derartige Gedanken schriftlich festzuhalten. Schamlos dich zu öffnen. Dein Innerstes preiszugeben. Deine dich irritierenden Gewohnheiten und Gedanken zu hinterfragen. Beim Versuch einer Annäherung an das Erforschen der Verzahnungen deines spontanen und flüchtigen Erlebens, Denkens, Assoziierens, Erkennens dich zu öffnen. Im Wort für Wort Formulieren notdürftig das wiederzugeben, was du spürst. Was dich tatsächlich bewegt. Als Gegenstück zu der Menge und der Beliebigkeit von Texten in der allgemeinen Bücherflut. Für dich eine Notwendigkeit, die sogar zu einem schriftlichen Festhalten führen könnte. Nicht als Nabelschau. Doch als Erklärung, wie du funktionierst.

Ein weiterer dir kürzlich zugefallene Aspekt zu deiner Beschäftigung mit deinem Dasein als Mann: neulich hattest du Michael Hampes Buch „Wozu?" gelesen und ab Seite 48 mit Faszination die Schilderung eines wiederholten Angsttraumes des Autors als Kind mitbekommen, in dem ein rotes Männlein den Träumenden verfolgt und endlos herumjagt. Der Träumende hat unsägliche Angst und befürchtet, dass das rote Männlein ihm etwas Böses antun wird. Hampe fragt sich dann, wofür das rote Männlein steht. Psychoanalytisch informierte Freunde, denen er diesen immer wiederkehrenden Traum erzählt habe, hätten behauptet, das rote Männlein sei ein Symbol für männliche Geschlechtlichkeit.

Als du deine im Laufe von Jahrzehnten geschriebenen Kurzgeschichten kürzlich sammelst und überarbeitest, gerät dir unter anderen Kurztexten auch ein Aufsatz aus deiner Schulzeit in die Hände, den du mit zwölf Jahren zum vom Lehrer vorgegebenen Titel „Gespenster" geschrieben hast. Unbeschwert und spontan offenbar eine Geschichte aus deiner Fantasie erfunden hast.

Ein junger Arzt erhält einen seltsamen Brief, in dem er aufgefordert wird, sich um Mitternacht an einer bestimmten Brücke einzufinden. Aus Neugierde geht er zum bezeichneten Ort, wo ihn ein Gespenst, im Aufsatz als Rotmantel bezeichnet, überrascht. Ihn auffordert, ihm in einen Keller zu folgen. Dort liegt eine weibliche

Leiche in weissem Brautkleid. Das sei seine Schwester, erklärt der Rotmantel. Sie sei gestorben. Nun wolle die hinterbliebene Familie sie einbalsamieren lassen. Doch wollen die Geschwister der Verstorbenen dem Vater ein Andenken an seine Tochter verehren, nämlich den Kopf. Dieser müsse vor dem Einbalsamieren nun vom Leib abgetrennt werden. Der Rotmantel händigt dem jungen Arzt ein scharfes Messer aus, weist ihn an, diese Aufgabe zu erledigen, und verschwindet. Der junge Arzt macht sich an die Arbeit. Erschrickt zu Tode, als er den Schnitt zur Hälfte durchgeführt hat und die Leiche ihre Augen aufschlägt. Ihren Kopf leicht anhebt und wieder fallen lässt. Doch schneidet er beherzt weiter. Geht nach getaner Arbeit nachhause. Wo er am nächsten Tag erfährt, die Tochter der Bürgermeisters, die am Tag hätte heiraten sollen, sei ermordet worden. Kurz darauf taucht die Polizei beim Mann auf und fragt, das blutige Messer zeigend, ob das sein Messer sei. Er wird als Mörder verurteilt und ihm wird die rechte Hand abgehackt.

Vom Hobbypsychologisieren hältst du nichts. Die mögliche Analogie von Hampes rotem Männchen und des von dir als Kind erfundenen Rotmantels scheint dir augenfällig und bedenkenswert.

Im ultimativen Test für richtiger Männlichkeit hattest du versagt. Deine Mutter hätte dich gerne in einer schicken Offiziersuniform gesehen. Um mit ihren Freundinnen gleichzuziehen, die stolz schönste

Farbfotografien ihrer Söhne in ebensolchen Uniformen und in den dazu gehörenden Posen herumzeigen.

Die Rekrutenschule hast du absolviert. Mit totaler Abscheu für alles, was das Kriegshandwerk betrifft. Sportlich bist du schon immer eine Flasche gewesen. Bei der Handhabung der Waffe, beim Robben im Dreck, bei den Übungen auf der Kampfbahn, wo das Klettern über sehr hohe Hindernisse, das Springen von einer Plattform über einen Abgrund auf eine andere Plattform und andere Mutproben gefordert sind, bist du heillos überfordert. Du leidest unter akuter Höheangst. Kannst keinen Schritt über klaffende Abgründe tun. Geschweige denn, locker darüber hinwegspringen, wie es auf der Kampfbahn gefordert wird. Verweigerst einzelne Übungen. Handelst dir dafür Strafen ein. Oder stellst dich so dumm an, dass deine Vorgesetzten dich warnen, bei solchem Verhalten, sei ein Vorschlag für Unteroffiziers- und dann Offiziersschule, wie sie bei Studenten üblich ist, nicht möglich. Über solche Warnungen freust du dich ungemein. Du bist dabei, dein Ziel zu erreichen. Der bittere Kelch von Unteroffiziers- und Offiziersschule wird an dir vorübergehen.

Zuhause kannst du zufrieden verkünden, dass der Hauptmann im persönlichen Gespräch dir die Eignung zum Unteroffizier, geschweige denn Offizier abgesprochen habe. Entsetzen bei deinen Eltern.

„Wenn dir die Seilschaft fehlt, die du dir als Offizier im Militär aufbauen kannst und musst, wirst du es auch im Beruf zu nichts bringen," schleudert dein Vater dir mit vor Wut hochrotem Kopf dir entgegen.

„Du als Ausländer weisst nicht, wie es hier funktioniert."

„Ich bin hier eingebürgert, Herr Sohn!"

„Doch nicht hier aufgewachsen. ‚Papierli-Hiesiger'. Kennst die Verhältnisse zu wenig. Alle meine Studenten-Freunde sind entweder dienstuntauglich oder wollen aus Überzeugung nicht Offiziere werden. So ist das heute."

Die Rekrutenschule ist dir nicht ausschliesslich Gräuel. Das Zusammenleben während dreier Monate in einer zusammengewürfelten Gesellschaft und vor allem auch mit Gleichaltrigen, die aus anderen Verhältnissen kommen und andere Perspektiven haben, fasziniert dich von Anfang an. Du kannst deinem scharfen Beobachten frönen. Und hattest deinen Spass daran. Du bist total neugierig, mit Gleichartigen, die anders sind als du, intensive Gespräche zu führen. Mit Bauern, Handwerkern, einfachen bis sehr einfachen Gemütern. Aber auch mit Studenten, die an anderen Unis und andere Studienfächer studieren.

In deinem Zug bist du nicht der Einzige, der wegen seines Verhaltens von den Vorgesetzten aufs Korn genommen und damit für die Anderen des Zuges zur Lachnummer wird. Mit anderen, meist jungen

Männern aus einfachsten Verhältnissen und mit schlechter Schulbildung, die ebenfalls und erst noch ungewollt wegen ihres ungeschickten Auftretens als Lachnummern herhalten müssen, kannst du dich bestens soldarisieren. Dir macht es nichts aus, gerügt und ausgelacht zu werden. Solange daneben Interessantes zu beobachten und zu erleben ist.

Einer Offizierskarriere stehen bei dir nicht nur dein linkes Gedankengut, wie es in studentischen Kreisen der inzwischen als Alt-68er bezeichneten üblich ist, und dein sportliches Ungenügen im Weg. Deine Vorstellungen von Krieg machen dich erschaudern und lähmen dich. Das bewusste Töten von Menschen. Das eigene Verletztwerden. Herausspritzendes Blut. Herumfliegende Körperteilen und Hautfetzen. Zerbombte und zerschossene Häuserruinen.

Du willst und kannst mit niemandem darüber sprechen. Selbst nicht mit deinen besten Freunden. Du schämst dich einzugestehen, dass du schlicht Schiss davor hast, in einem Krieg kämpfen zu müssen. Als Soldat im kriegerischen Treiben, stellst du dir vor, würdest du, wie weiland Ueli Bräker sein. Er, der arme Mann aus dem Toggenburg, geboren 1735, wird mit List und Tücke 1756 von einem preussischen Werbeoffizier für das „Regiment Itzenplitz zu Fuss" als gemeiner Soldat angeworben. Im gleichen Jahr desertiert er während der Schlacht von Lobositz in Böhmen. Kehrt unbeschadet nachhause zurück. Letzteres würde dir nicht gelingen. Das Militärstrafrecht ahndet Deserteure und bestraft sie zur Abschreckung scharf. Du würdest wohl eher in einem Gefängnis landen.

Häuserruinen hattest du als schmächtiger kleiner Junge von sieben Jahren 1952 in Stuttgart erlebt. Du warst ausser dir vor Freude, dass du deine Mutter an eine Taufe nach Stuttgart begleiten darfst. Du wirst für diese Reise zwei Tage aus der Schule genommen. Die Reise muss per Flugzeug, einer DC-3, erfolgen, weil die Bahnlinie noch nicht wieder durchgehend ist. Du kannst endlich in so einer fliegenden Kiste sitzen, denen ihr Kinder vom Boden her sehnsuchtsvoll nachschaut, wenn sie in der Luft hoch über euch vorübertuckern. Und du wirst den andern Kindern erzählen können, wie es ist, von hoch oben runterzuschauen.

Du fährst in Stuttgart mit deiner Mutter zusammen Strassenbahn. Staunst gebannt aus dem Fenster in die vorbeiziehenden von Ruinen mit riesigen Steinhaufen durchbrochenen Gebäudereihen der Königsstrasse der Grossstadt. Bekommst dabei am Rande mit, nachdem deine Mutter dir in Mundart etwas gesagt hatte, wie ein Mann sich an deine Mutter wendet. Deine Mutter ist elegant gekleidet in einem beige-seidenen Schneiderkostüm mit einem breitkrempigen, eleganten Hut auf dem Kopf. Der fremde Mann sagt, wie lobenswert es sei, dass sie als Dame aus dem vom Krieg nicht betroffenen Nachbarland diesen wohl ausgehungerten und wohl aus Berlin stammenden Jungen – damit bist du gemeint – unter ihre Fittiche nehme und ihn aufpäpple. Du starrst mit Unverständnis und Entsetzen auf die unzähligen Trümmerhäuser. Zerbombt im Krieg, wie dir erklärt wird.

Krieg war für dich bis dahin ein abstrakter Begriff gewesen. Krieg ist die Zeit, wie die Alten erzählen, wo die Leute nicht nach Belieben hatten Schokolade essen können. Diese war „rationiert" gewesen. Was das auch immer bedeuten mag. Bloss gegen „Marken" hatte Schokolade gekauft werden können. Oder ohne „Marken" von einer netten Kioskfrau heimlich und mit Augenzwinkern, wenn niemand zugegen war, der oder die es hätte mitbekommen können, eingewickelt in eine Tageszeitung. Für die Tageszeitung hätte dann ein viel, viel höherer Geldbetrag hingeblättert werden müssen, als die Zeitung tatsächlich kostet.

Beim Nachdenken kürzlich über deine spezifische Angst vor Krieg geht dir ein Licht auf, wie und woher sich diese Schreckensbilder in dir eingenistet haben könnten. Ebenfalls eine Geschichte, die zwar ausgelöst in der Gegenwart zurückreicht in deine frühe Jugend und zu einer Leidenschaft, die damals bereits bestand.

Im frühen Teenager-Alter hängst du ständig in der Bude deines um sieben Jahre älteren Cousins herum. Er wohnt zusammen mit seinen Eltern im gleichen Haus wie du mit deinen Eltern und deiner Schwester. Beim Herumlungern im Zimmer deines Cousins stösst du unweigerlich auf da und dort herumliegende Bücher. Die du interessiert anguckst und auch in deine Hände nimmst und durchblätterst. Dein Cousin liegt entweder auf seinem Bett und liest ein Buch oder sitzt an seinem Schreibtisch. Beschäftigt mit irgendeiner Schreibarbeit. Nebenher scheint er zuzuhören, was du ihm zu berichten hast, und wirft dann und wann kurze Bemerkungen hin. Einmal blickt er sich zufällig um und nimmt wahr, dass du „Le petit Prince" von Antoine de Saint-Exupéry in Händen hältst und fasziniert die Zeichnungen betrachtest. Vor allem die Zeichnung, auf der ein Elefant sich im Bauch einer Schlange befindet. Dein Cousin wirft hin, du parlierst ja Französisch mit dem Au-Pair-Mädchen und hast in der Schule auch seit ein paar Monaten Französisch. Versuche dieses Buch zu lesen. Ein sehr gutes Buch.

Auf Bücher bist du immer neugierig. Zuhause liegen unzählige Bücher deines Vaters herum und unzählige Bücher stehenden in den vielen Büchergestellen deines Vaters. Doch sieht dein Vater dich immer schief an, wenn du eines seiner Bücher in die Hand nimmst. Er befürchtet, dass du schmutzige Hände hast oder das Buch zu wenig sorgfältig behandelst. Fragst du, was in einem konkreten Buch geschrieben ist, lautet die Antwort des Vaters meist, dafür bist du noch zu jung. Insbesondere liegt im Wohnzimmer ein Buch herum, das der Vater gerade liest, wenn er jeweils nach dem Mittagessen kurz auf dem Sofa liegt. „Bonjour Triest" von einer gewissen Françoise Sagan. Damals hattest du tristesse als Triest gelesen. Weil in der Geografie-Stunde in der Schule Triest genannt worden war als hübsche italienische Hafenstadt, hätte dich brennend interessiert, was in dem Buch über Triest steht. Doch Bücher deines Vaters sind für dich tabu. Grundsätzlich. Mit einer Ausnahme: Mit Freunden hast du entdeckt, dass auf einem der Büchergestelle auf dem obersten Tablar, das ihr bloss erreichen könnt, wenn ihr auf einen Stuhl steigt, unanständige Bücher sind, auf die ihr euch stürzt, wenn die Eltern nicht rum sind. Medizinische Lehrbücher über Geschlechtsleben und Geschlechtskrankheiten. Mit Bildern, über die ihr euch nicht genug wundern könnt und die ihr begierig bestaunt und kommentiert. Sonst sind die Bücher deines Vaters tabu. Nicht aber die Bücher in der Bude deines Cousins.

Im Laufe der Zeit hast du auch Bücher, die dein Cousin au Ende gelesen hat, von ihm ausgeliehen, um sie zu lesen. So zum Beispiel „Ilona" von Hans Habe. Als du einmal von Erich Maria Remarque „Im Westen nichts Neues" in Händen hältst und inspizierst – du warst damals um die fünfzehn Jahre alt gewesen –, meint dein Cousin, das musst du lesen, so total beeindruckend und zu jeder Zeit höchst aktuell!

An den Inhalt kannst du dich heute nicht mehr erinnern. Mit Bestimmtheit weisst du bloss noch, dass du das Buch als ungefähr Fünfzehnjähriger gelesen hattest. In der Kolumne „Krieg" von Philipp Loser im Tagesanzeiger Magazin No. 40 vom 8. Oktober 2022 liest du, dass Krieg der Horror sei, schon immer gewesen sei und niemand diesen Horror so eindrücklich beschrieben habe, wie Erich Maria Remarque im Roman „Im Westen nichts Neues". Beim Lesen dieser Kolumne fällt es dir wie Schuppen von den Augen. Dass du damals als Teenager beim Lesen dieses Romans das Tatsächliche des Krieges so eindrücklich mitbekommen hattest und dein Empfinden für den Krieg und gegen das, wofür Soldaten getrimmt werden, mit einem Mal geprägt worden war. Ein Empfinden, das dich bis heute verfolgt. Auch heute noch dein spontanes oder auch unbewusstes Handeln beeinflusst. Durch diese Erzählungen hattest du wohl vielleicht den Krieg insgesamt als Horrorszenario verinnerlicht. Und bekommst Schiss davor, in eben solche Szenarien hineinzugeraten.

Zum Glück ist „Im Westen nichts Neues" nicht das einzige Buch, das du erhaschtest. Du bist verrückt nach Büchern. Das Verschlingen von Büchern ist deine Leidenschaft. Nachdem du der alleinigen Empfehlung von Büchern durch deinen Cousin entwachsen bist, das Gymnasium besuchst, entdeckst du die Bücherwelt auf eigene Faust. Literatur ist in deinem weiteren familiären Umfeld ein wichtiges Thema. Immer wieder schnappst du da und dort Tipps für gute Bücher auf. Mit den unzähligen Romänchen, die andauernd geschrieben und von Verlagen und Kritikern in allen Zeitungen, Ausnahmen bestätigen die Regel, ganzseitig im gleichen Stil hochgejubelt werden, kannst du wenig bis nichts anfangen. Dich packen unter die Haut gehende Erzählungen oder Sachbücher.

Du wachst auf dem Weg zum Bürohaus, in dem die Besprechung mit Justus stattfinden wird, aus deinen Gedanken auf. Nimmst deine Umwelt wieder wahr. Staunst, wie weit du gleichsam blindlings gegangen bist. Und gibst dich unwillkürlich erneut einem Gedanken hin, dem Spontangedanken, dass die Erlebnisse dieses Tages und des Vortages es in sich haben und dich durchzuschütteln vermochten.

Die zwischen deinem Handeln durcheinander wirbelnden und dich überschwemmenden Gedanken / Erinnerungen / Assoziationen legen dein aktuelles Dasein gleichsam auf einen Schragen und durchleuchten es, um aus dem Schein das Sein herauszufiltern. Um frisch, frei und fröhlich einen angemessenen Weg zu finden.

Erst kürzlich bist du zwei Geschichten begegnet, in denen es darum geht, den Weg zu finden. Parzival in einem Theaterstück von Lukas Bärfuss. Und Karl Rossmann im Roman „Der Verschollene" von Franz Kafka. Die Protagonisten dieser beiden Autoren stellen sich dem Absurden und schreiten mutig vorwärts. Das tust du ja letztlich ebenfalls. Klingen deine

Gedankenstürme mit den in deinem Denken verursachten Sturmschäden ab, stehst du wie ein begossener Pudel oder wie der Esel am Berg da. Du wachst zurück in deine Realität auf. Fragst dich, was dein Denken soll. Doch sobald du diese durchdachten Gedanken abgeschüttelt hast, atmest du tief durch. Schaust in das dich real Umgebende. Aufmerksamkeit für das, was dich umgibt, ist der erste Schritt tatsächlich zu leben. Du fühlst dich erleichtert. Spürst, wie deine Schultern sich heben. Du bewusst aufrechter gehst und stehst. Frisch, frei und zumeist fröhlich oder zumindest zuversichtlich nach vorne gehst. Deine Gedankenstürme verhindern, dass es dir je langweilig wird. Sobald sie sich gelegt haben, amüsierst du dich über das, was in deinem Kopf so rumort hat. Und du hast deinen hellen Spass daran.

Du schreitest beherzt weiter. Nach dieser virtuellen Kopfwäsche, die dir einmal mehr klar macht, wo du stehst und wie du tickst. Du gibst dir Mühe, dich und dein Denken offen und ehrlich zu hinterfragen. Um dich vielleicht letztlich im aufrechten Gang zu üben. Kreuz rein, Hintern raus! Frei nach dem apollinischen Orakel von Delphi, aufgenommen unter anderen von Sokrates und Cicero *gnothi seauton / nosce te ipsum* erkennst du dich als eingefleischten, neugierigen und passionierten Beobachter, der Distanz benötigt und den Nähe stört. Das scheint deine Natur zu sein, Erfüllung wenn Distanz da ist, Irritation bei Nähe und bisweilen dennoch aufflackernde Sehnsucht nach Nähe. Und einmal mehr die zu bewältigende oder absurde Irritation, die bei ernsthaftem Bedenken zum Trigger wird, der einen Gefühls- und Denkprozess anschiebt und dein Sein und Handeln wesentlich beeinflussen kann. Frei nach Peter Sloterdijks Abhandlung über die Bedeutung von Irritation, die einen weiterbringen, in dessen „Kritik der zynischen Vernunft", die du 1985 verschlungen hattest.

Vergnügt schweift dein Blick umher. Auf der Strasse rechts, die gleich in deine Strasse münden wird, nähert sich ein Mann, auf den du gleich treffen wirst ...

Zwölf

Vergnügt schweift dein Blick umher. Auf der Strasse rechts, die gleich in deine Strasse münden wird, nähert sich ein Mann, auf den du gleich treffen wirst …

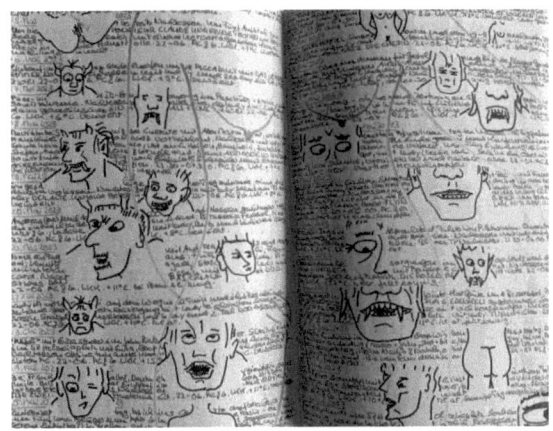
RBr., Tagebuchseite Mai 2023

Dein Blick bleibt an diesem sich dir nähernden Mann kleben. Der sich von der Strasse zur rechten Hand der Stelle zubewegt, wo ihr, der Mann und du, unweigerlich in wenigen Momenten zusammentreffen werdet. Diese Gestalt, die sich dir aus der Ferne nähert und mit der du gleich zusammentreffen wirst, ist – ja, du bist dir sicher, bestimmt, unverkennbar – Justus. Bei diesem Erkennen stockt dir der Atem. Du denkst, mich laust der Affe! Das darf nicht wahr sein! Dir schlottern, wo du so unvorbereitet und unerwartet auf ihn, Justus, treffen wirst, kurz mal die Knie. Bis du deine Denkmaschinerie wieder unter Kontrolle hast und denkst, nanu …

Bisher scheint Justus noch nicht auf dich geachtet zu haben. Sein Blick geht nach vorne ins Leere. Wie es den Anschein macht, ist er in Gedanken versunken.

Wenn immer die Gewissheit aufblitzt, dass du dich gleich einem Mann stellen musst, knickst du im ersten Moment ein und wirst kurz aber prägnant von dir leider vertrauten Angstgefühlen durchgerüttelt. Bei fremden Männern, die dich beeindrucken. Aber auch bei Männern, die du zu kennen glaubst und die dich beeindrucken. Nicht aber bei guten Bekannten und Freunden, denen du locker begegnen kannst. So sehr du dir auch vornimmst, dich zu beherrschen, bist und bleibst du machtlos, sobald du spürst, wie dein Gang mit einem Mal hölzern wird. Dein Körper sich für einen Moment gleichsam automatisch verkrampft.

Du denkst, ehrlich, ein Zweikampf mit Justus ist mir echt zuwider. Kämpfen magst du nicht. Dein Gespräch mit Justus darf unbedingt nicht in einen Kampf ausarten. Du willst vernünftig mit ihm reden. Ihm in die Augen schauen. Auf gleicher Höhe. Nicht von oben herab. Nicht von unter hinauf. Deinen Blick nicht auf das Zentrum seines Unterkörpers richten. Ihm direkt in die Augen schauen. Im Bewusstsein, dass du einem Menschen in die Augen schaust.

Im Vergleich mit deinen virtuellen Stürmen in deinem Kopf ist die vom natürlichen Sturm gefällte Tanne für dich vielleicht ein Fliegenschiss. Und dein haltloses Gelächter über den von der fallenden Tanne kaputt gemachten Ferrari war kindisch gewesen. Genau wie Lady gesagt hatte.

Lächerlich, dass der überwunden geglaubte Schiss vor der Begegnung mit Justus jetzt, wo die Begegnung ungeplant und zufällig in wenigen Augenblicken erfolgen wird, wieder hervorspringt und dir als grinsendes Teufelchen auf deiner rechten oder linken Schulter hockt und dich noch immer zwickt und zwackt. Doch dich nicht mehr beunruhigend. Eher als ironische Fussnote zu der Realsatire, in der du im Moment steckst.

Du diagnostizierst den Anflug eines schlechten Gewissens darüber, dass du dich grundlos in Vorurteile gegenüber einem Menschen, der dir nichts getan hat und den du in Wahrheit überhaupt nicht kennst, hineingesteigert hattest. Klar, aus Klatsch und Tratsch und persönlicher Erfahrung bist du mit Wissen über Justus konfrontiert, das durchaus irritierend sein kann. Dieses Wissen als Vorurteil und damit Illusion zu erkennen, ist der erste Schritt, dich dem Tatsächlichen unbelastet zu stellen.

Noch scheint der Blick von Justus ins Leere zu gehen. Er schreitet festen Schrittes, scheinbar unbekümmert, vorwärts. Auf dich, den Passanten, dem er in wenigen Augenblicken begegnen wird, scheint er noch nicht zu achten, aufmerksam geworden zu sein.

Obwohl du ihm, mit jedem seiner und deiner Schritte immer näher kommst. Dein Blick bleibt an ihm kleben.

Weshalb bloss lässt du dich von der Vorstellung, bestimmten Menschen gleich gegenüber zu stehen, immer wieder für einen Augenblick ins Bockshorn jagen! Was ist an diesem Justus Besonderes dran! Lächerlich, wie deine nicht abzustellende Intuition dich scheinbar in eine gespielte Aufregung hinaufzwirbelt. Und du dich, so widersprüchlich, gleichzeitig darüber vielleicht auch irgendwie amüsierst.

Du musst dir neidlos eingestehen, dass Justus etwas darstellt. Hochgewachsen, wie er ist, Zackig und bestimmt, wie seine Bewegungen sind. Mit einem solchen Menschen, fährt dir durch den Kopf, kannst du es nie und nimmer aufnehmen. Bestimmt war es als Junge bereits ein Tausendsassa gewesen. Gescheit, eine Sportskanone, bei allen beliebt und ein unbestrittener Rädelsführer. Ein Junge, auf den seine Eltern stolz sein und sich mit ihm brüsten konnten. Und vor allem mit einem ausgeprägten Selbstbewusstsein. Das dir als Junge, Jugendlicher und junger Mann klar abgegangen war.

Euer Zusammentreffen in wenigen Augenblicken ist unvermeidlich. Ob er dich, den Kommilitonen, den er wohl seinerzeit, während der gemeinsamen Zeit an der Uni, kaum oder überhaupt nicht beachtet hatte, wiedererkennen wird? Du kannst nicht wortlos, als ob nichts ist, an ihm vorübergehen. Selbst wenn er dich, wenn eure Wege sich vereinen werden, nicht beachtet. Nicht wahrnimmt. Du wirst ihn anhauen müssen.

Erklären, dass ihr euch womöglich vielleicht vor Urzeiten einmal gekannt hattet und du in wenigen Minuten einen Termin bei ihm in seinem Büro hast.

So total peinlich, sich einem total Ahnungslosen, den erst noch alle kennen, vorstellen und bekannt machen zu müssen. Weshalb muss es, denkst du, ausgerechnet er sein, der dir nun über den Weg läuft. Es wird so rauskommen, wie es immer rauskommt. Wenn du aus dem Stehgreif etwas Gescheites, Geistreiches oder Witziges von dir geben solltest und auch willst, fehlen dir die Worte. Du stotterst irgendetwas Unbedarftes daher. Das heisst, die richtigen Worte fallen dir erst danach ein. Wenn es zu spät ist.

Du haderst mit dem Schicksal, das dir diese für dich unmögliche, an sich alltägliche und nebensächliche Situation eingebrockt hat. Mit ausgerechnet Justus, der für dich ein Problem ist. Quatsch! Probleme, das hast du gelernt, gibt es nicht. Man kann und soll die Dinge beim Namen nennen. Anstatt dich den Gegebenheiten nüchtern und sachlich zu stellen, neigst du dazu, deine Gedanken, Fantasien, Vorstellungen abdriften zu lassen. Du imaginierst die klare Situation in illusorischen und fantastischen Übertreibungen übermalend zu einem Konkurrenzkampf aus. Auf in den nicht zu umgehenden Kampf! Scheisse, Scheisse, dass du dich immer so klein machst und so klein fühlst! Dabei sind deine Eins Siebzig eine durchschnittliche Grösse.

Gleich wird es soweit sein. Du und Justus werdet euch gegenüberstehen. Du wirst ihm höflich gegenübertreten. Selbst wenn einige deiner Gedanken über ihn alles andere als höflich sind. Du willst keinen Idioten aus dir machen. Dir muss etwas Gescheites einfallen. Etwas das einem Platzhirsch wie Justus Genüge tut.

Du hast keinen blassen Schimmer, wie das nun unweigerliche in wenigen Minuten beginnende Gespräch verlaufen wird. Könnte immerhin sein, dass es ausartet. Und das erst noch in aller Öffentlichkeit. Wo zufällige Passanten mitbekommen könnten, wie ein kleines, lächerliches Würstchen den grossen Herrn Direktor von Schaffensberg anfaucht. Mit seinem Geschrei bei seinem mächtigen Gegner kein Brot hat.

Schon erstaunlich, dass er, ein so hohes Tier, wie du und ich mitten in der Stadt ohne Tross, ohne Bodyguards unterwegs ist. Sich nicht von einem Chauffeur in einer schicken Limousine herumkutschieren lässt. Schon erstaunlich, dass du in der grossen Stadt, wo in der Regel Anonymität vorherrscht, wo allenfalls Blickkontakte mit Fremden im Vorübergehen möglich sind, plötzlich jemandem gegenüberstehen wirst, der dich seit noch nicht einmal vierundzwanzig Stunden umtreibt.

Gib dich nicht dümmer als du bist! Bisher hast du noch jede Situation glorios gemeistert. Und was ist schon dabei, wenn du zufällig kurz vor der vereinbarten Zeit auf der Strasse an den Menschen heranläufst, mit dem du in seinem schicken Büro eh verabredet bist. Justus kann mich mal, und zwar kreuzweise …

Jetzt, jetzt ist es soweit. Ihr trefft gleich aufeinander. Sein Blick fällt auf dich …

Dreizehn

Jetzt, jetzt ist es soweit. Ihr trefft gleich aufeinander. Der Blick von Justus fällt auf dich. Justus grinst dich an.

„Toll, dass wir uns bereits hier begegnen," sagt Justus fröhlich beschwingt und streckt dir seine Rechte zum Gruss entgegen. "Wir brauchen uns nach dieser langen Zeit nicht unbedingt in die sterile Atmosphäre meines Büros zu begeben. Ich lade dich gleich zu einem Drink ein, falls es dir recht ist. Wollen wir in Erinnerung an alte Zeiten ins Coopi gehen? Ist zwar nicht ganz in der Nähe, doch unterwegs können wir uns bereits unterhalten."

Justus entschuldigt sich einen Moment. Nimmt sein Handy hervor, wendet sich ab. Informiert Alma Küderli, wie du mitbekommst, dass sein Termin anstatt im Büro ausserhalb stattfinde. Danach wendet er sich wieder dir zu. Die Unterhaltung, während ihr gemächlich in Richtung Coopi schlendert, erweist sich als zwanglos und sympathisch. Du gibst deiner Verwunderung Ausdruck, dass er, Justus, sich an dich erinnere und dich nach all den Jahren, über vierzig Jahren, sogleich wiedererkannt hat.

Justus lacht.

"Wie hätte ich dich vergessen können. Ob du es glaubst oder nicht, du bist mir immer schon aufgefallen. Klar doch. An der Uni hatten wir kaum oder ganz wenig Kontakt gehabt. Wir beide hatten unsere Kreise gehabt in der Unmenge von Kommilitonen und wenigen Kommilitoninnen. Wir waren ja nicht am gleichen Gymnasium gewesen. Der erste Kreis, mit dem man an der Uni näher verkehrt, setzt sich vor allem aus denen zusammen, die man bereits vom Gymnasium her kennt. Doch bist du mir eben immer schon aufgefallen."

RBr., Selbstporträt-Skizze Tagebuch 30. Juni 1981

„Du warst für mich – bitte, nimmt mir meine Offenheit nicht übel – der unauffällige, durchschnittliche junge Mann, der meist in einer fröhlichen Runde locker mit dabei ist. Du siehst gut aus, hast ein durchschnittliches, bescheidenes Auftreten.

Kommst gut an bei den Mädels. So natürlich und ungezwungen."

Du bist richtiggehend überrumpelt von dem, was Justus sagt. Wunderst dich, wie unbefangen fröhlich er daherredet. Als ob ihr alte Freunde seid. Die sich zufällig wieder treffen. Überhaupt kein Thema scheint der Grund zu sein, weshalb du um einen Termin bei ihm nachgesucht hattest. Seine Munterkeit scheint echt, also kein Theater zu sein. Irgendwie wirst du nicht schlau aus diesem Widerspruch. Verspürst kein Verlangen, gleich die heikle Sache anzusprechen und vielleicht der Miesepeter zu sein, der die momentan noch gute Stimmung verdirbt.

„So toll, dich hier zu sehen. Dich endlich einmal persönlich und bewusst zu treffen. Du bist noch immer in der Art der Gleiche geblieben. Meine Erwartungen, nachdem ich vernommen habe, dass du mich unbedingt zu sprechen wünschst, sind nicht enttäuscht. Auf Erinnerungen gestützte Erwartungen können manchmal ganz schön ernüchternd und enttäuschend sein. Schliesslich sind die Ingredienzien der Vergangenheit nicht mit denen der Gegenwart identisch. Doch du bist, wie gesagt, und ich meine das nicht im negativen Sinn, der Gleiche geblieben. Ich war besessen davon gewesen, dich so oft als möglich und heimlich zu beobachten. Sehen zu können, wie du dich verhältst, wie du bist. Ich stellte mir dann vor, wie es wäre, du zu sein. Du wurdest für mich zum Inbegriff eines Menschen, der frei ist und ungezwungen sein Leben lebt. Deine Nonchalance, dein so selbstsicheres und natürliches Auftreten."

„Ich und selbstsicher?!!! So ein Witz. Ich war verklemmt und zweifelte immer an mir", platzt es im Brustton der Empörung aus dir heraus.

„Unsinn! ICH war verklemmt und zweifelte immer an mir. DU warst immer so selbstsicher gewesen", kontert Justus heftig und aufgebracht.

„Quatsch. Das war ich nicht im geringsten", wirfst du in nun leicht verächtlichem Tonfall hin.

„Bei mir hast du den Eindruck eines total selbstsicheren Typs hinterlassen", sagt Justus mit wieder ruhiger Stimme und grinst dich an.

„War ich nie gewesen. Doch DU bist für mich ein Ausbund an Selbstsicherheit gewesen."

Der Gedankenblitz, dass eure gegenseitige Fehlschätzung des Anderen witzig und absurd ist, lenkt dein Bewusstsein für den Bruchteil eines Augenblicks ab und belustigt dich. Dann folgst du wieder total entspannt den Worten von Justus.

„Witzig", sagt Justus mit einem Mal lachend und klopft dir dabei im Gehen kameradschaftlich auf die Schulter. „Dann haben wir uns gegenseitig ... Und wir beide beneideten je den Anderen für das, was wir glaubten, dass er uns voraus hat. Das Bild, das man sich von einem Menschen macht, schon seltsam. Absurd, dass man sich intuitiv ein Bild von einem Menschen macht, der einen aus welchen Gründen auch immer anzieht. Anstatt dass man sich begnügt, den Menschen anzuschauen und genau zu beobachten. Einerlei, ich war mir damals als Marionette meiner Herkunft vorgekommen. Unzählige Menschen wollten mit mir bloss verkehren, weil ich aus einer reichen und noblen Familie stamme. Mädchen umschwärmten mich, weil sie eine gute Partie machen und in die besten Kreise einheiraten wollten."

„Du hast aber auch blendend ausgesehen. Und siehst es noch immer aus."

„Damals hatte ich meine unmögliche Länge verflucht. Ich überragte die meisten Leute. Schaffte es nie, in einer anonymen Masse unterzutauchen. Fiel überall gleich auf. Konnte mich nirgends frei bewegen. Ohne Blicke auf mich zu ziehen. Damals war es ja noch harmlos gewesen, doch heute kennen mich alle, weil mein Bild ständig in den Medien herumgeboten wird. Und dann hatte mein Vater, damals, mich gezwungen, Jus zu studieren. Ich hätte viel lieber Geschichte studiert. Doch das war ausser Diskussion. In jenen Jahren war ich so unsicher gewesen, dass ich es nicht wagte, meinem Vater zu widersprechen und ein Studienfach zu wählen, das ihm nicht passt. Und ich hatte solchen Schiss davor gehabt, nach dem Studium die von ihm für mich organisierten Stellen anzutreten, um schliesslich als Junior Partner in seine weltweit tätige Kanzlei einzutreten."

„Du bist aber total erfolgreich geworden. Man hat dich als Koryphäe bezeichnet. Du bist einer der berühmtesten, bekanntesten Anwälte auf dem Platz. Und im Land, sogar auch international bekannt."

„Das hat sich bei den Voraussetzungen, die ich hatte, nicht verhindern lassen," wirft Justus lachend hin. „Nicht, dass du denkst, ich sei unglücklich mit meiner beruflichen Tätigkeit. Ich träumte immer von etwas Anderem und träume es noch heute. In der Realität aber bemerkte ich nach und nach, dass die Juristerei letztlich doch das ist, wo ich mich wohl fühle, Ideen entwickeln und meiner innersten Überzeugung gemäss helfen und handeln kann. Doch der Traum, das warst immer du gewesen. Wie es so unter ehemaligen Kommilitonen ist, mit denen, die man noch regelmässig oder zufällig trifft, tratscht man. Hast du übrigens gehört, der und der … Und dann vernimmt man Gerüchte und Dinge über Menschen, die einem von der Uni her noch ein Begriff sind. Ich habe immer wieder gehört, wo du beruflich gerade steckst. Und dann hat jemand erwähnt, dass du nebenher auch noch Schriftsteller bist. Bücher veröffentlichst. Ich kenne deine Homepage. Zuletzt habe ich deinen Roman ‚Axthieb' gelesen. Musste dabei alle zwei Seiten schmunzeln oder lachen. Die Geschichte und wie du sie erzählst, hat mir sehr gut gefallen."

Du bist platt und dir schmeichelt selbstverständlich, dass der berühmte Justus sogar ein Buch von dir gelesen hat und es lobt. Gleichzeitig kannst du die Gerüchte über Justus, die du immer wieder gehört hast, und das, was du gestern über ihn erfahren hast, sowie die Tatsache, dass er gestern klar Fahrerflucht begangen hatte, und sein jetziges, so sympathisches und normales Verhalten nicht auf eine Reihe kriegen. Du darfst nicht auf einen vielleicht absichtlich zur Ablenkung erzeugten Schein hereinfallen.

Es fällt dir nicht schwer, im Moment gute Miene zum vielleicht nicht ganz so guten Spiel zu machen.

Inzwischen seid ihr vor dem Coopi angelangt. Du bist gespannt, wie Justus reagieren wird, wenn du ihn dann doch noch auf den von ihm am Fahrzeug des Sozialwerks PPP verursachten Schaden und seine Fahrerflucht ansprechen und auch die Tatsache, dass der Sturm die Tanne, die auf seinem Grundstück stand, gefällt hat und dies einen grossen Schaden verursacht hat, erwähnen wirst. Du musst in Kauf nehmen, dass die gute Stimmung dann mit grösster Wahrscheinlichkeit kippen wird.

Nachspiel

Da sitzt ihr nun, Justus und du, wie alte Freunde im Coopi. Du tüftelst gedanklich einen Plan aus, wie du Justus nun auf den von ihm am alten und klapprigen Lieferwagen des Sozialwerks PPP verursachten Schaden und seine Fahrerflucht ansprechen kannst. Und auch noch ins Gespräch bringen wirst, dass du von seinem Haus in deiner Nachbarschaft, von seiner Mieterin im Haus, Nour Müller, und vom Sturmschaden in der Form des zertrümmerten Ferrari weisst. Du musst das, was dir vom Sozialwerk PPP zu erledigen aufgetragen wurde, ansprechen. Selbst wenn es, was zu erwarten ist, die aufgeräumte Stimmung zum Kippen bringen wird.

Justus trinkt einen Pernod mit viel Eis ohne Wasser, du einen Pernod ohne Eis mit viel Wasser. Du spürst, dass jetzt der Zeitpunkt da ist, euch dem Ernst des Lebens zu stellen. Was sein muss, muss sein.

Du darst es dir unter keinen Umständen verkneifen, Justus forsch auf den Schaden am Fahrzeug des Sozialwerks PPP anzusprechen. Selbst wenn Justus den Schaden am alten und klapprigen Lieferwagen herunterspielen sollte. Doch scheint es dir klüger, mit dem Sturmschaden, den der gestrige nächtliche Sturm verursacht hatte, zu beginnen. Dir ist nicht ganz wohl bei der Sache. Du zögerst, die gute Stimmung zu vermasseln. Du hast von deinem neusten Romanprojekt gesprochen. Schweigst für einen Augenblick, um Luft zu holen und das Unausweichliche endlich anzusprechen. Justus beginnt von neuem zu reden.

„Frau Küderli hat mir selbstverständlich berichtet, weshalb du mich unbedingt sprechen musst. Sie rapportierte mir auch korrekt, dass du ihr vorgeschwindelt hast, du seist von mir aufgefordert worden, mit mir Kontakt aufzunehmen. Alma Küderli ist die Frau von Anton Küderli. Und Anton Küderli ist der Hauswart meines Bürogebäudes."

RBr., Vignetten-Skizze aus, Tagebuchseite, undatiert

Dir geht ein Licht auf. Du warst klar zu wenig aufmerksam gewesen. Der Hauswart hatte sich dir gestern als Toni Küderli vorgestellt gehabt. Danach hattest du mit der Assistenin von Justus, Frau Küderli gesprochen. Dennoch hattest du nicht daran gedacht, dass die beiden verbandelt sein könnten. Du hattest ja auch keinen Anlass dafür gehabt. Dass Herr und Frau Küderli und Justus ein Knäuel sind, erklärt dir, weshalb Justus über alles informiert ist. Weshalb er dennoch so locker drauf ist und so tut, als ob nichts ist, ist dir ein Rätsel. Und irritiert dich jetzt erst recht.

„Du bist ihm, Toni, dem Hausabwart, gestern begegnet, nachdem ich diesen Schaden am Lieferwagen des Sozialwerks PPP verursacht hatte. Weil ich so in Eile gewesen war, bin ich sofort losgefahren, ohne mich um den verursachten Schaden zu kümmern. Nun habe ich mich so sehr darüber gefreut, dass wir uns treffen, dass ich nicht gleich meine Fahrerflucht ansprach. Ich verstehe sehr wohl, dass du findest, mir gehöre mein Kopf abgehackt für diese Fahrerflucht. Ich weiss, ich weiss: Ich bin ein Straftäter. Doch ich bin zu Kreuze gekrochen. Heute früh habe ich gleich bei der Geschäftsleitung des Sozialwerks PPP und Iris Pauli der Geschäftsleiterin, meine Ungehörigkeit gebeichtet. Sie hat mich dann auch darüber informiert, dass der Fahrer des Lieferwagens, ein Herr Bellotti, dich, der du zufällig auch dort gewesen seist, beauftragt habe, dich mit mir in Verbindung zu setzen. Sie versprach mir dann, dich sofort darüber zu informieren, dass die Angelegenheit sich inzwischen geregelt habe. Sie war erstaunt zu hören, dass wir bereits einen Termin vereinbart hätten. Ich bat sie dann, dir ausdrücklich auszurichten, dass ich mich dennoch freue, wenn du bei mir im Büro reinschaust."

„Seltsam, Iris ist sonst so zuverlässig, doch bei mir hat sie sich heute noch nicht gemeldet und …"

„Ich kenne sie ebenfalls als sehr zuverlässige Person. Den Schaden übernehme ich selbstverständlich voll und ganz, habe sogar vorgeschlagen, dass die alte Karre auf den Abbruch kommt und ich einen nigelnagelneuen Lieferwagen sponsere."

Du wunderst dich, dass Iris Pauli dich heute morgen über diese neuste Entwicklung der Angelegenheit nicht auf dem Laufenden gehalten hat. Plötzlich fällt dir wieder ein, dass während deines Morgenrituals und deines Frühstücks dein Handy mehrmals geklingelt hatte. Du nimmst mit schneller Bewegung und wegen der Vorahnung leicht verlegen dein Handy zur Hand. Checkst deine Anrufe. Siehst, dass verschiedene verpasste Anrufe aufgezeichnet sind. Mehrmals Sozialwerk PPP, mehrmals Iris Pauli und mehrmals Luciano Bellotti. Du horchst auf und nimmst wahr, dass Justus schweigt. Schaust auf und siehst, dass er dich fragend anschaut.

„Sie hat versucht, …", bröselst du leicht verlegen hervor, „… mich auf meinem Handy zu erreichen. Ich muss gestehen, das Handy ist mir, wie viele technischen Dinger, eher ungeheuer. Ich benutze mein Handy für Emails, Facebook und den ö.V.. Anrufe beantworte ich sozusagen nie. Die Leute sollen mich aufs Festnetz anrufen oder sich per Email melden. Ich bin so erleichtert, dass du alles bereits und erst noch so grosszügig erledigt hast. Dich auf den verursachten Schaden anzusprechen ist mir echt auf dem Magen gelegen. Apropos Schaden. Ich weiss, dass du über deine 80.91 GmbH ein Haus gebaut hast, das an die Siedlung grenzt, in der ich wohne."

„Das darf nicht wahr sein! Du wohnst in der Nachbarsiedlung."

„Ja. Und liebe Nachbarn in unserer Siedlung haben sogar rausbekommen, dass dein Haus von einer Nour Müller bewohnt wird, die jedoch noch niemand zu Gesicht bekommen hat. Wir hatten uns gewundert, dass im Haus, deinem Haus, immer wieder Leute herumgeisterten und sich in Haus und Garten betätigten. Liebe Nachbarn aus unserer Siedlung wollten einen Willkommensgruss überbringen. Wurden aber eher ungehalten und ohne Erklärungen abgewiesen."

„Das bedaure ich. Im Haus verkehren die Innenarchitekten, die Gärtner und Angestellte von mir, die bereits für die gemeinnützige Stiftung tätig sind, die ich auf privater Basis im Begriffe zu errichten bin. Und die in diesem Haus ihren Geschäftssitz haben wird. Die Stiftung wird den Zweck verfolgen, hiesigen Jugendlichen ohne Ausbildung und jugendlichen Flüchtlingen Wohnung, soziale Betreuung und Schulung zu bieten. Dazu werden künftig auf dem Gelände etliche Wohn- und Schulhäuser erstellt werden. Ich bitte dich, darüber Stillschweigen zu bewahren. Sozialwerke stossen oft auf Widerstand in der Nachbarschaft. Ich persönlich hatte alle im und ums Haus herum Verkehrenden verpflichtet, sich auf keine Beziehungen mit der Nachbarschaft einzulassen. Aus Sicherheit, bis die Errichtung der Stiftung und alles Übrige unter Dach und Fach ist. Entschuldige, du verstehst wohl nur Bahnhof. Ich will dir die ganze Geschichte nicht verheimlichen."

Du spürst, dass der Moment eines grossen Bekenntnisses gekommen ist. Der Moment dauert drei weitere Runden Pernod. Die Justus jeweils, ohne seinen Sermon zu unterbrechen, mit kurzem Wink und Kopfnicken zum Kellner hin veranlasst.

„Ich will nicht durch Verheimlichen dem Klatsch und Tratsch von bösen Zungen Vorschub leisten, die mir gerne in aberwitzigen Gerüchten andichten wollen, dass ich als reicher Bonze an meiner ach so idyllischen Familie vorbei meine heimliche, aus dem Ausland importierte Geliebte zu perversen Sexspielchen in ein Aussenquartier der Stadt einschleuse", fährt Justus fort und nestelt etwas nervös mit seiner rechten Hand am linken Ärmelende seiner Jacke herum, „Spass beiseite. Unter Freunden, was ich dir jetzt anvertraue, ist unter dem Siegel der tiefsten Verschwiegenheit. Ich kann dir ja vertrauen, dass du es nicht weitererzählst. Als Lehrbeauftragter …" fährt Justus nun wieder locker und entspannt, zum Teil auch lachend fort, „…der Uni habe ich eine Studentin aus einem arabischen Land kennengelernt. Nour Abu Refaat. In Seminarien habe ich sie näher kennengelernt. Inzwischen hat sie mit summa cum laude ihren Bachelor und ihren Master in Juristerei gemacht. Mit dem Ende ihres Studiums ist ihr Aufenthalt in unserem Land ausgelaufen. Eine Stelle hat sie als Ausländerin, obwohl sie sich während Monaten ernsthaft bemüht hatte und unsere Sprache perfekt spricht, nicht gefunden. Sie hatte Vertrauen zu mir gefasst und mir ihre Situation geschildert. Sie habe palästinensische Wurzeln und sei, nach der Flucht ihrer Vorfahren und Eltern in einem arabischen Land aufgewachsen. Ohne eine Staatsbürgerschaft zu haben oder Aussicht zu haben, eine zu erlangen. In dieses Land wolle, könne sie nicht mehr zurück. Ihr Vater Refaat Al-Yaziji habe es in seiner neuen Heimat als erfolgreicher Geschäftsmann zu einem beträchtlichen Vermögen gebracht. Nun werde er von der Hamas bedrängt für finanzielle Spenden. Und auch bedroht. Er fühle sich seines und des Lebens seiner Frau, Nours Mutter, nicht mehr sicher. Sie, Nour, müsse hier bleiben. Und sie wolle unbedingt ihre Eltern hierher bringen. Weder eine Flucht, noch eine ordentliche Ausreise seien bisher möglich gewesen. Um ihr einen legalen Aufenthalt hier zu verschaffen, hätte es genügt, ihr eine Stelle zu verschaffen und sich durch alle Formalitäten hindurch zu kämpfen. Ich hatte ihr dann vorgerechnet, dass das die Gelegenheit ist, sich auch um eine Staatsbürgerschaft für sie zu bemühen. Meinen Vorschlag mit einer Scheinehe hat sie vorerst vehement abgelehnt. Ihr arabischer Verlobter würde das nie akzeptieren. Ich habe sie beide gemeinsam ins Gebet genommen und ihnen erklärt, dass es auf lange Sicht die beste Lösung sei. Selbst wenn sie bedinge, für eine gewisse Zeit auch neben dem normalen Leben ein Scheinleben zu führen für die Behörden und die Umwelt. Als sie sich bereit erklärten, den Versuch zu wagen, habe ich einen Schweizer gesucht, der bereit ist, sie zu heiraten, ohne Ansprüche zu stellen. Ein Herr Müller war bereit, sie zu heiraten. Ein total anständiger Mensch, der auch bereit war und ist, zum Schein auf Ehe zu spielen. Nour und Herr Müller verkehren freundschaftlich miteinander und haben bisher alle notwendigen behördlichen Vorgänge und Kontrollen problemlos überstanden. Nour habe ich selbstverständlich eine Stelle verschafft. Mit ihrer Aufenthalts- und Arbeitsbewilligung hier und als nunmehr verheiratete Frau konnten wir für ihre Eltern eine Einreisebewilligung im Rahmen von Familiennachzug einreichen. Die Bewilligung wurde inzwischen erteilt, doch konnten die Eltern noch nicht ausreisen. Werden aber, so hoffen wir, sehr bald hier sein. Über meine 80.91 GmbH ist es mir gelungen, einen Teil des Vermögens von Refaat Al-Yaziji hierher zu transferieren. Es ist inzwischen sehr gut angelegt, sodass die Eltern von Nour finanziell unabhängig sein werden. Sobald meine gemeinnützige Stiftung errichtet sein wird, wird Nour die Geschäftsleitung der Stiftung übernehmen. Daher haben wir uns entschlossen, am Haus vorläufig ihren Namen anzubringen. Obwohl sie nicht dort wohnt. Übrigens habe ich Herrn Müller ebenfalls eine Stelle in einem meiner Betriebe angeboten und er hat sie angenommen. Er ist ein Phänomen, so sympathisch und gut. Nours Verlobter aus Arabien, der bisher illegal hier gelebt hatte, konnte ich legalen Aufenthalt und eine Stelle in einem Verlag verschaffen. Nour und ihr Verlobter leben zusammen. Herr Müller lebt in der Wohnung in der Altstadt, die ich für Nour und Herrn Müller als ‚eheliche Wohnung' angemietet habe. Herr Müller hat auch wieder eine Freundin gefunden, die es aber unter den gegebenen Umständen vorzieht, in ihrer bisherigen Wohnung wohnen zu bleiben. Alle Beteiligten sind sich einige, dass die Scheinehe bestehen bleibt, bis Nour das hiesige Bürgerrecht erlangt hat. Alle verkehren freundschaftlich miteinander, Nour, ihr Verlobter, Herr Müller und seine neue Freundin. Meine Frau und ich freuen uns immer, wenn wir die vier zu uns zum Essen einladen. Und Herr Müller hat sich sogar mit seiner Frau ausgesöhnt und sieht seine Kinder regelmässig. Seine Kinder sollen, so hat er mir gestanden, Nour und seine Freundin vergöttern. Ich flehe dich an, halte dicht mit dem, was ich dir jetzt erzählt habe. Was erzählst du da? Ferrari? Erschlagen von Tanne? Dass ich nicht lache", lacht Justus aus vollster Kehle und bestellt beim Kellner mit Wink und Kopfnicken die nächste Runde Pernod, die für heute die letzte sein sollte, „Dann ist die Tanne also weg. Ich hatte gleich gesagt, sie stört nur. Doch der Architekt des Hauses, ein palästinensischer Flüchtling, der hier als Architekt gut Fuss gefasst hat, meinte, die Nachbarschaft könnte etwas gegen das Fällen eines

Baumes haben und schlug vor, das Fällen der Tanne auf später zu verschieben. Das, was du als Ferrari gesehen hast, ist ein uralter Ford Escort, den ein lustiger Mensch einmal neu hatte spritzen lassen in Ferrari Rot, einem Rosso Corsa. Inzwischen war das Fahrzeug so verlottert und nicht mehr brauchbar, dass sein Besitzer, ein Mitarbeiter in einer meiner Firmen, beschlossen hat, ihn in den Abbruch zu geben. Sein Garagist hatte versprochen, das Autowrack bei Gelegenheit abzuholen. Da mein Mitarbeiter in der Altstadt wohnt, wo er den Wagen nicht draussen stehen lassen kann, bis der Garagist Zeit findet, ihn abzuholen und in den Abbruch zu bringen, habe ich vorgeschlagen, dass er ihn auf dem Gelände des neu erstellten, doch noch nicht bezogenen Hauses abstellt. Und nun, sagst du, ist als Sturmschaden die lästige Tanne weg und der alte Ford Escort in Ferrari Rot Schrott! Der Sturmschaden hält sich klar in Grenzen. …"

FINIS

RBr., Vignetten-Skizze aus, Tagebuchseite, undatiert